Los objetos nos llaman

Seix Barral Biblioteca Breve

Juan José Millás

Los objetos nos llaman

Diseño original de la colección:
Josep Bagà Associats

Primera edición: octubre 2008
Segunda impresión: noviembre 2008
Tercera impresión: noviembre 2008
Cuarta impresión: noviembre 2008
Quinta impresión: enero 2009

www.clubcultura.com/clubliteratura/clubescritores/millas/home.htm

Avda. Diagonal, 662-664 - 08034 Barcelona
www.seix-barral.es

ISBN: 978-84-322-1261-1
Depósito legal: B. 2.976 - 2009
Impreso en España

LOS ORÍGENES

LA MUERTA

Cierto día, un compañero de colegio señaló en la calle a una mujer, diciéndome:

—Mírala, está muerta.

A mí me parecía imposible que una difunta se moviera con aquella naturalidad entre la gente. De hecho, sabía que era mentira, pero resultaba excitante creérselo, así que le seguí el juego. Mi amigo me aseguró que era capaz de distinguir a una mujer muerta entre mil mujeres vivas.

—¿Pero en qué lo notas?

—En nada en concreto y en todo a la vez. Si te fijas, van envueltas como en una burbuja de paredes invisibles. Cuando seas capaz de percibir esa burbuja, aprenderás a distinguirlas.

A los pocos días de esta conversación, iba dando patadas a las piedras por mi calle, cuando vi a una mujer dentro de la burbuja. La burbuja la puse yo seguramente, pero la mujer era completamente real. La seguí con disimulo hasta la Avenida de América, y luego por Francisco Silvela, hasta llegar a una ferretería en la que entró para salir al poco del brazo de un sujeto muy alto, con bigote a lo Clark Gable. El hombre estaba vivo, desde luego, y no trataba a la mujer como a un cadáver. Al contrario, se acercaba a su cuerpo cuanto le era posible, desplazando la pared de la burbuja hacia el otro lado, y le besaba el cuello a través de esa membrana que parecía no detectar. Entraron en un bar que hacía esquina con la calle de Méjico y se comieron un bocadillo de calamares cada uno. Cuando ella alargaba el brazo para tomar de la barra el vaso de cerveza, sacaba la mano de la burbuja sin romperla, del mismo modo que algunos objetos son capaces de penetrar en una pompa de jabón.

Comencé a centrar mi atención en él. Parecía el prototipo de individuo mundano que por entonces yo mismo aspiraba a ser. Una persona con clase, pensaba ingenuamente, debe moverse con la misma naturalidad entre los muertos y los vivos. Aquel hombre actuaba con una soltura increíble y sabía en qué momento tenía que abrocharse o desabrocharse el botón de la chaqueta o pasarse el dedo índice por el extremo del bigote, como para recoger, más que una miga de pan, un pensamiento. Al salir del bar, él la tomó de la cintura y la atrajo hacia sí con tal violencia que la sacó sin darse cuenta de la burbuja. Entonces abandoné la persecución con la idea romántica de que el amor consiste en rescatar al otro de la muerte, y decidí esperar mi oportunidad.

A los pocos meses llegó al barrio una chica nueva, con burbuja. Era muy joven para estar muerta, pero lo consulté con mi amigo y me dijo que las había de todas las edades.

—Una prima mía de tres semanas está muerta también.

—¿Y qué dicen sus padres?

—No lo saben. La mayoría de la gente no ve la burbuja.

Me enamoré como un loco, y, cuando logré reunir el dinero suficiente, la invité a un bocadillo de calamares en el bar de Francisco Silvela esquina a Méjico. Luego intenté acercarme para rescatarla de la burbuja, pero no se dejó. Y al día siguiente, cuando pasé cerca de un grupo en el que se encontraba ella, noté que me señalaba con expresión de burla. Estaba presumiendo de haberme sacado un bocadillo de calamares, que para nosotros era una fortuna. Entonces, pese a mi timidez, me acerqué al grupo y, apuntándole al pecho con el dedo, le dije:

—Estás muerta. No vayas a creerte que no lo sé.

Todas sus amigas se alejaron un poco, como con miedo a contagiarse, y desde entonces arrastró una vida solitaria, que yo tampoco intenté aliviar, aunque me lo pedía con los ojos. Se casó con un muerto de hambre con el que asiste a misa de difuntos todas las semanas. Continúa en el barrio, y, cuando me acerco por allí, a ver a mis padres, se hace la encontradiza para que la libere de la burbuja en la que sigue atrapada. Pero ahora, aunque quisiera, no podría, porque yo mismo he ido encerrándome durante todos estos años dentro de una membrana transparente y flexible de la que sólo podría rescatarme una mujer viva.

CONTINÚO SOLTERO

Un compañero mío del colegio me llevó un día frente al escaparate de una tienda de ropa que había en la calle principal de nuestro barrio y me pidió que me fijara en uno de los maniquíes en el que ya había reparado, pues además de representar a una mujer rubia, tenía una expresión distinta de la del resto de los muñecos del escaparate.

—¿Qué pasa? —dije aparentando indiferencia.

—Fíjate bien —insistió él—. ¿No le notas nada?

—No.

Entonces mi amigo me hizo ver que el vestido de ese maniquí tenía bajo las axilas dos pequeñas manchas, como si sudara.

Era verdad, pero lo atribuí a una rareza del tejido.

—Es el único que está manchado —argumentó él—. Además, llevo observándolo desde hace tiempo y le ocurre con toda la ropa que le ponen.

Me fui a casa turbado y esa noche tuve pesadillas venéreas. Al día siguiente, cuando fui al colegio, pasé por delante de la tienda y vi que acababan de cambiarle el vestido al maniquí. Ahora llevaba una blusa blanca perfectamente limpia. Al volver del colegio, sin embargo, tenía los dos pequeños cercos de sudor característicos.

Mi amigo y yo nos pasábamos las horas muertas delante del maniquí, enfermos de deseo sexual, quizá enfermos de amor también: dónde está la frontera. En mi delirio, me parecía que la mujer de cartón-piedra me miraba como pidiéndome que la rescatara de aquella condición y la convirtiera en una mujer real. Pero cómo hacerlo, si ella y yo vivíamos en dimensiones diferentes.

Mi padre conocía al dueño de la tienda y le pedí que me recomendara para que en Navidades, que aumentaba el trabajo, me contrataran para echarles una mano. Al dueño le pareció bien tener un chico para todo y el primer día de vacaciones me presenté en el establecimiento y barrí el suelo e hice recados echándole siempre que podía un ojo al maniquí rubio.

A los dos o tres días, llegaron a la tienda los vestidos de fantasía para la Nochevieja. Esa noche, todos los empleados nos quedamos después de cerrar para cambiar el escaparate y colocar los adornos. A mí me entregaron el maniquí que sudaba ordenándome que le pusiera un vestido negro, muy escotado, un collar de falsas perlas y unos zapatos con tacón de aguja.

—Y no te pases con ella —me dijo el jefe riéndose, como si hubiera notado mi pasión.

Cuando tuve al maniquí en mis brazos y lo llevé a la trastienda para desnudarlo, casi se me detiene el corazón. Aún no había tenido ninguna experiencia sexual, pero la posibilidad de desnudar y vestir a aquella mujer que, aunque falsa, sudaba, me parecía mejor que un encuentro con cualquier chica real. No sabía qué hacer para disimular mi turbación. Por fortuna, la atmósfera de trabajo era tan febril que pasábamos inadvertidos los unos para los otros. Sólo una cosa enturbiaba mi placer y es que cuando sacaron al maniquí del escaparate para que le pusiera el traje de fiesta, me pareció ver a mi amigo al otro lado, en la calle, observando con tristeza, desde la oscuridad, nuestros movimientos.

Cuando la mujer de cartón y yo estuvimos frente a frente, en un cuartucho de la trastienda, le quité con la garganta seca el jersey que llevaba puesto y comprobé que, en efecto, tenía los sobacos húmedos. También yo me humedecí en ese instante, sin poder remediarlo. Había otros dos empleados a mi espalda, preparando adornos y colgajos, pero ninguno se dio cuenta. El maniquí, sí. El maniquí me miró con una sonrisa cargada de intención.

Fueron las mejores Navidades de mi vida y aún hoy, cuando pienso en ello, no soy capaz de imaginar una iniciación sexual más rica que la que recibí de aquel muñeco que sudaba.

Luego, cuando terminaron las vacaciones y regresé al colegio, mi amigo no hacía más que preguntarme por el maniquí, pero yo mostraba desinterés, como si el hecho de haberlo visto de cerca me hubiera quitado la ilusión.

—No suda —mentí.

—¿Y la mancha de los vestidos?

—No lo sé, pero te aseguro que no suda.

No volvimos a hablar de ello. El maniquí desapareció un día de la tienda y de nuestras vidas, y al hacernos mayores nuestras conversaciones se hicieron menos fantasiosas. Durante la carrera, mi amigo y yo dejamos de vernos, aunque a veces coincidíamos por el barrio y nos tomábamos una cerveza. A mí me daba la impresión de que cuanto nos decíamos era una excusa para no hablar del maniquí. Cuando mi amigo se casó, me invitó a la boda. Al ir a besar a la novia, vi que tenía dos cercos de sudor en los sobacos. Entonces levanté la vista e intercambié con mi amigo, durante unas décimas de segundo, una mirada de angustia. Después le estreché la mano y le deseé que fuera feliz.

Yo continúo soltero.

MUJERES GRANDES

A mi madre le gustaban las historias de hombrecillos que cabían en la palma de la mano. Todos los años, cuando comenzaba el invierno y sacaba los abrigos del fondo del armario, nos decía: «Mirad bien en los bolsillos, no vaya a haber hombrecillos y les hagáis daño al meter las manos.»

Si nos veía entrar en una habitación a oscuras, nos pedía que lleváramos cuidado para no pisarlos, y por las mañanas, antes de ponernos los zapatos, teníamos que comprobar que no se había colado ninguno en su interior. Una vez me regalaron un gato, pero mamá me convenció de que lo devolviera, no porque a ella no le gustaran los gatos, sino por el peligro que podía constituir para los hombrecillos. Nunca vi a ninguno, pero vivía obsesionado con ellos y durante el desayuno solía dejarles, en un travesaño que había debajo de la mesa del comedor, un par de galletas que a la hora de la cena habían desaparecido. Quizá mi madre las retiraba en secreto. Tal vez se las comía ella misma para alimentar a los hombrecillos que llevaba dentro de su cabeza.

Hay una rama de la literatura que se ocupa de los

hombrecillos. Son gente cuya única particularidad es la de caber en un dedal. Yo tuve muchas fantasías con ellos, sin duda influido por la obsesión de mi madre y por la lectura de *Gulliver.* Como fui un niño solitario, los hombrecillos imaginarios llenaron el vacío de las relaciones personales. A veces, cuando abría un cajón, intentaba sorprender a uno de estos hombrecillos escondiéndose detrás de un carrete de hilo. En el cuarto de baño, jamás quitaba el tapón del lavabo antes de comprobar que no había hombrecillos flotando en el agua.

Creo que no tenían ningún rasgo de carácter en particular. No eran buenos ni malos, ni locos ni cuerdos, ni ignorantes ni sabios. Conocemos las cualidades morales de las hadas, y de las brujas, pero los hombrecillos de mi madre carecían de un estatus moral. Simplemente, eran hombrecillos. Esto, que de mayor me produce alguna perplejidad, de pequeño me parecía normal. Si habías conseguido ser un hombrecillo, no necesitabas ser otras cosas. Sólo los hombres necesitan ser ingenieros o periodistas o abogados.

Muchas veces me pregunté por qué estos seres carecían de una réplica femenina, pues mi madre siempre hablaba de hombrecillos, jamás de mujercillas. Yo los imaginaba con sombrero de fieltro y corbata. Eran en general muy fumadores y parecían gozar de una buena posición económica. Un día le pregunté a mamá por qué no estaban casados con señoras del mismo tamaño y levantó los hombros como si no tuviera explicación. Pero luego no pudo resistirse y añadió con expresión de orgullo: «Es que están enamorados de las mujeres grandes.»

LOS PLACERES DEL TAXI

A mi madre le gustaban mucho los tebeos y las enfermedades. Cuando estaba en cama, lo que era muy común, se pasaba el día leyendo tebeos. Pero cuando sentía llegar a mi padre, los escondía bajo las sábanas y se colocaba el termómetro en la boca. Nunca entendí su empeño en demostrar que era una mujer infeliz, desgraciada, enferma. En todo caso, ese vicio de ella por la cama me permitió disponer de todos los tebeos de la época. Cerca de casa había un quiosco donde, una vez leídos, se podían cambiar por otros un poco más viejos. En cuatro o cinco cambios te llevabas a casa unas hojas sueltas con manchas de café. Entonces había que realizar una inversión en tebeos nuevos que seguían el camino de los anteriores. La entropía es eso: el envejecimiento de las historias, de todas las historias.

Cuando no estaba en cama, a mi madre le gustaba ir a los grandes almacenes del centro de la ciudad. Siempre me llevaba con ella. Íbamos en taxi, porque la volvían loca los taxis, pero me guiñaba un ojo y me pedía que dijera a mi padre que habíamos cogido el autobús. Lo cierto es que tampoco de esta manera era feliz, porque se pasaba todo el rato observando los saltos del taxímetro con una angustia tremenda. Recuerdo que saltaba cada cinco segundos. Yo ahora cojo muchos taxis, creo que más por darle una alegría al fantasma de mi madre que a mí mismo, pues lo cierto es que cuando voy en metro o en autobús siempre me ocurre algo aprovechable para un artículo.

Un día, en unos grandes almacenes, nos encontramos con una señora muy bien vestida, que llevaba en la cabeza un tocado. Se saludaron con mucha alegría y comprendí que habían sido compañeras de colegio. Era evidente que la amiga de mi madre tenía una posición económica más desahogada que la nuestra. Y también era evidente que competían por ver a cuál de las dos le había ido mejor en la vida.

Mi atención se desvió entonces hacia un maniquí femenino que un dependiente estaba desnudando a la vista del público. Me separé de mi madre y de su amiga atraído por este espectáculo pornográfico, y cuando estaba un poco alejado, quizá creyendo que no podía oírla, mi madre dijo que yo era el hijo de su asistenta.

—Pues yo habría jurado que era tuyo —dijo su amiga.

—Pues no —respondió ella algo molesta.

Volvimos a casa en taxi, observando angustiosamente los saltos del taxímetro. Mi madre me miraba con expresión culpable. Ya en casa, me dio dinero para que fuera a cambiar unos tebeos y luego, abrazándome, repitió lo de siempre:

—Dile a tu padre que hemos ido al centro en autobús.

UN MISTERIO

Mi madre pasó por varias épocas, como Picasso, sólo que ella, en vez de pintar, iba de acá para allá. A media mañana se dirigía al mercado. A veces me dejaba acompañarla (no siempre, porque también le gustaba estar sola, o eso decía) y yo me detenía, como casi todos los niños, en las carnicerías, fascinado por los cuerpos de los animales abiertos en canal. Como no creía en la muerte, pensaba que aquellas vacas desolladas aún vivían, aunque no tenían el modo de expresarlo porque les habían arrancado los nervios. Hoy puedo decirlo con toda tranquilidad y con toda seguridad a aquellas personas que duden como dudaba yo: las vacas de las carnicerías están muertas, completamente muertas, y ya no les hace daño que las corten en chuletas o las conviertan en carne picada. Los corderos también están muertos, y los conejos y los cerdos. A veces, hasta el propio carnicero está muerto. Digo esto porque el de la carnicería del mercado de mi barrio tenía los ojos saltones, como los de las vacas sin piel, y una palidez general que daba miedo. Cuando vi mi primera película de zombis, comprendí el asunto.

Un día, mi madre compró en la pollería un pollo entero, con todas sus cosas, cada una colocada en su sitio, aunque estaba completamente muerto. Luego volvimos a casa y cada uno se puso a hacer sus cosas. A la hora de comer, yo esperaba ver aparecer al animal sobre la mesa, pero en lugar de eso comimos unos huevos fritos. Me extrañó, pero no dije nada. Pensé que el pollo sería para la cena o para el día siguiente. Pero ni a la cena ni al día siguiente ni al otro ni al de más allá apareció el bicho. En aquella época no se congelaban los alimentos, porque las neveras carecían de estrellas, de manera que el asunto tenía difícil explicación.

—¿Qué pasó con el pollo, mamá? —pregunté al cabo de una o dos semanas.

—Olvídate del pollo.

—¿Por qué? —insistí.

—Porque sí, porque te lo digo yo.

Como no era un niño especialmente difícil, obedecí y me olvidé del pollo hasta que falleció mi madre. Ella tenía en la terraza una jardinera grande, con unos geranios que cuidaba mucho. Cuando recogimos la casa, dije a mis hermanos que me gustaría quedarme con aquella jardinera, que vacié para trasladarla hasta mi casa, pues incluso sin tierra pesaba demasiado.

Al vaciarla, encontré los restos óseos del pollo, que evidentemente había sido enterrado allí hacía muchos años. ¿Por qué hizo eso mi madre con aquel animal? Jamás lo sabré. Los padres, cuando se van, dejan más misterios que bienes materiales.

ACEITE DE RICINO Y MÍSTICA

Mi madre daba una importancia enorme al estado de la lengua. Por la mañana nos ponía en fila y uno a uno íbamos enseñándosela. A continuación decidía quiénes debíamos tomar aceite de ricino y quiénes no. El aceite de ricino tenía un sabor repugnante, aunque a mi hermano Antonio, que era muy raro, parecía encantarle. A veces se tomaba a escondidas el mío y el de mi hermana Elvira.

—¿Cómo puede gustarte? —le preguntaba yo.

—No me gusta, pero me estoy acostumbrando poco a poco a las cosas que no me gustan.

Años más tarde observé con sorpresa que ese modo que tenía mi hermano de enfrentarse a la realidad aparecía en los libros de texto con el nombre de ascetismo. El asceta busca el bien a través del mal. O se mortifica para alcanzar el bienestar, como ustedes prefieran. Mi hermano era un asceta sin haber llegado a oír jamás tan curiosa palabra. Algunos días se ensuciaba la lengua voluntariamente con un poco de tinta para que le administraran una ración doble de la pócima. Aseguraba que se quedaba más tranquilo si comenzaba la jornada con un castigo inmerecido. Presagiaba que el futuro estaría lleno de cosas inmerecidas que de todos modos nos tendríamos que tragar, en lo que no estaba equivocado. Yo, menos sufrido que él, o quizá más partidario de la mística, que consiste en que el bien te llegue de manera gratuita, o sea, porque sí, me lavaba la lengua con la punta de una toalla en la que aplicaba un poco de jabón.

Conservo desde entonces la costumbre de mirarme la lengua en el espejo, al levantarme. No es una costumbre tan rara: lo hacen en las películas muchos personajes. Lo que no sé es si todos buscamos lo mismo. Quizá en la lengua, como en las líneas de las manos, se pueda leer el futuro, o al menos el pasado inmediato. Las noches que tengo pesadillas, de hecho, me levanto con la lengua sucia. Entonces voy a la cocina y me tomo no una, sino dos cucharadas de aceite de ricino, una por mí y otra por mi hermano Antonio, que falleció la primavera pasada. Ya no me da tanto asco. Hasta me gusta un poco. Aunque no he logrado acostumbrarme del todo a las cosas que no me gustan, he desarrollado hacia ellas una tolerancia interesante. Con los años, y al comprender que la mística era una quimera, me estoy volviendo asceta. Cada día, encuentro un pequeño sufrimiento con el que castigar mi lengua. Y no lo hago por Dios ni por el diablo ni por el hambre en el mundo; lo hago por el pasado, hacia el que conservo una fidelidad enfermiza.

LA MISMA FRASE

Mi madre tenía una muñeca rusa que le había traído mi padre de París. A mis hermanos les enloquecía que al abrirla apareciera dentro otra muñeca idéntica. Pensaban que era el colmo de lo anormal. Yo, más ingenuo, creía que los seres humanos estábamos constituidos de ese modo. Así, dentro de mi profesor de matemáticas habría otro profesor de matemáticas un poco más pequeño y otro y otro y otro... Tenía un compañero cojo, de nombre Antonio, que se caía a veces por las escaleras. Yo siempre esperaba que se rompiera para ver salir de él a un pequeño ejército de antonios cojeando por las dependencias del colegio. Aunque luego, en la asignatura de ciencias naturales, me dijeron que por dentro estábamos hechos de otro modo, siempre me imaginé a mí mismo lleno de juanjos que disminuían de tamaño a medida que se acercaban a lo más profundo de mí mismo.

Ya de mayor, cuando al estudiar preceptiva literaria intenté comprender las diferencias entre continente y contenido, me acordé con frecuencia de la muñeca rusa y comprendí que no hay contenido más eficaz que el propio continente, pero no he logrado llevar esa idea a la literatura. Aun sabiendo, teóricamente al menos, que en el fondo sólo hay forma, me relaciono con el mundo como si fueran cosas diferentes. Por eso, cuando en los anaqueles de una tienda veo una muñeca rusa, la abro y la abro hasta el final con la esperanza de encontrar dentro algo diferente a la propia muñeca. Pero nunca aparece. Y quizá ése es su secreto. No se sabe de nadie que pase con indiferencia ante uno de esos artefactos, pese a que no hay tampoco ninguna posibilidad de que su apertura nos depare una sorpresa.

La muñeca rusa de mi madre estaba en una especie de tocador que había en su dormitorio. A veces, escondido debajo de la cama, veía cómo ella abría y cerraba el artefacto soviético procedente de París. Daba la impresión de buscar dentro de la muñeca algo que no encontraba dentro de sí misma. Y siempre lo abandonaba con un gesto de decepción para rizarse las pestañas. Pero yo creo que se trataba de una decepción activa. El humor, según Bergson, es una espera decepcionada. Las muñecas rusas esconden un sistema filosófico que provoca un sentimiento semejante. Uno sospecha que la vida, de ser algo, es esa sucesión de lo mismo dentro de lo mismo. Yo lo entendí de pequeño, frente a la perplejidad de mis hermanos y de mi madre, pero lo desentendí de mayor. Y todo porque no he conseguido escribir una frase que dentro de sí contenga la misma frase y la misma frase y la misma frase...

ELABORACIÓN DE PRODUCTOS

Mi madre no era capaz de resolver un problema si no lo convertía previamente en un drama. Del mismo modo que el matemático no comprende la realidad hasta que la atrapa en una ecuación, ella no entendía una dificultad doméstica si no la transformaba en una catástrofe. Los seres humanos somos así de raros; necesitamos elaborar las materias primas —sean patatas o mercurio— para darles un uso final. No entendemos el oro, por ejemplo, hasta que lo transformamos en un colgante. Podríamos disfrutar de él tal como se encuentra en la naturaleza, pero no. Necesitamos extraerlo de la dura tierra, fundirlo, moldearlo y ponerlo a la venta. Entonces decimos: «Fantástico. Qué bello es el oro.»

La transformación de las sardinas en sardinas en lata es la variante positiva de esta tendencia. La materia prima con la que mi madre construía sus dramas eran las pequeñas dificultades domésticas de cada día. Pongamos que se nos había acabado la bombona de gas un lunes y que el camión de reparto no pasaba hasta el martes. En principio, no era ninguna tragedia, porque a los niños nos encantaba comer de bocadillos. Incluso tenía su lado bueno porque rompíamos la rutina. Pero ella se mesaba los cabellos e iba de acá para allá profiriendo unos alaridos que nos ponían los pelos de punta. Si mi padre intentaba calmarla, le reprochaba que él no se ocupara de esas cosas y aseguraba que era la esclava de todos nosotros, que la contemplábamos estremecidos.

A la media hora de habernos quedado sin gas, mi padre, desesperado por los reproches y los gritos de mi madre, empezaba a dar portazos o amenazaba con tirarse por el balcón. Mi hermana pequeña, aterrada por el espectáculo, se ponía a llorar, y los vecinos amenazaban con llamar a la policía municipal si no cesaba el griterío. Justo en ese momento, cuando el universo iba a reventar con todos nosotros dentro, mi madre cruzaba la calle y al rato volvía sonriendo triunfalmente con una bombona que le había prestado su hermana, que vivía en la casa de enfrente. No era raro que le reprochara a mi padre que hubiera pensado en suicidarse por una tontería así. «Tú no estás bien de la cabeza», le decía, mientras cogía a mi hermana pequeña en brazos para que dejara de llorar. Yo me iba cabizbajo a la calle intentando convertir lo que había ocurrido en un producto envasado, para ver si de ese modo lograba comprenderlo. Pero todavía no lo comprendo, y eso que escribir no es más que tomar la materia prima de la realidad y convertirla en literatura para hacerla más digerible.

LA MEJOR TARDE DE MI VIDA

Cuando se me acaban los ansiolíticos, voy a ver a mi madre y le robo a escondidas un puñado. Los tiene de todas las marcas, y no sólo ansiolíticos, sino verdaderos hipnóticos, además de inductores del sueño, relajantes musculares y antiinflamatorios. No sé cómo consigue las recetas, pero lo cierto es que nunca le falta una pastilla que echarse a la boca. Yo, en cambio, las tengo que mendigar porque todos los médicos con los que tropiezo están en contra de la química. Unos me aconsejan ejercicios respiratorios y otros verduras, cuando lo que a mí me ha ido bien de toda la vida han sido las pastillas. Así que me acerqué a la casa de mi madre después de comer y me puse a ver la televisión con ella hasta que se durmió. Entonces me deslicé de puntillas hasta el cuarto de baño y abrí el armario-espejo de tres puertas donde guarda los estupefacientes, pero estaba vacío.

Tras la primera reacción de sorpresa, comprendí que se había dado cuenta de que cada vez que la visitaba le desaparecían dos o tres docenas de pastillas, por lo que quizá las había cambiado de lugar. Fui a su dormitorio y revisé todos los cajones del armario, así como los huecos de la mesilla de noche, pero no hallé nada. Al regresar al salón, mi madre abrió los ojos y preguntó:

—¿Estás realmente aquí o eres una pesadilla?

—Soy una pesadilla —respondí desconcertado, y cerró los ojos de nuevo.

Entonces vi un pastillero sobre la mesa de café. No tenía más que tres píldoras que no sé para qué eran, pero me tomé una de color azul y al poco me invadió una paz inexplicable que nacía en el plexo solar, desde donde se abría en abanico para irradiar cantidades discretas de felicidad en dirección al cerebro. Debía de tratarse de un hipnótico de última generación. Hace poco leí en una revista de farmacia que estos hipnóticos no dejan secuelas ni producen más adicción que las patatas fritas.

Tras disfrutar unos instantes de aquel estado de paz budista, empecé a mirar en derredor, intentando conjeturar dónde podría guardar mi madre sus medicinas. Mientras miraba dentro de una sopera, ella volvió a abrir los ojos y a observarme fijamente, pero esta vez no me preguntó nada. Sólo dijo para sí: «Ya está otra vez aquí esta pesadilla» y volvió a dormirse. Revisé todos los huecos del aparador encontrando un placer enorme en manosear los cubiertos y los platos de loza de mi infancia. Normalmente, esos objetos me parecen siniestros, pero la pastilla azul, que tanta paz me había proporcionado, me había provisto también de una mirada nueva, ingenua. Me parecieron una obra de arte las cucharillas de café y las tenazas para el marisco. En mi casa nunca comimos marisco (y estuvimos a punto de no comer pescado), pero mi padre, que en paz descanse, compró en el Rastro aquellas tenazas, supongo que para creerse alguien.

Por miedo a que mi madre se despertara, bajé el volumen del televisor, pero eso fue precisamente lo que le hizo abrir los ojos de nuevo. Esta vez, mirándome fijamente, me preguntó:

—¿Eres tú o tu hermano?

Tengo un hermano gemelo que es, con razón, el favorito de mi madre. Le contesté que era mi hermano esperando acertar y acerté de pleno, pues inclinó la cabeza hacia un lado y comenzó a roncar. A medida que pasaba el tiempo, los efectos de la pastilla azul se multiplicaban. Se estableció una curiosa armonía entre los objetos de la casa y los latidos de mi corazón, haciéndome sentir que la realidad y yo éramos la misma cosa, idea que me inundó de bondad hasta el punto de que llegué a dudar si yo sería yo o sería mi hermano. Una voz interior me dijo que yo era yo y que por lo tanto debía continuar buscando las pastillas.

Las encontré al fin dentro de un bote grande de ColaCao, en la cocina. Había cientos, de distintos tamaños y colores, pero ninguna de color azul, por lo que supuse que mi madre tenía el botín distribuido por distintos lugares. Tomé un puñado, como hacía habitualmente, y apenas había cerrado el bote cuando me pareció escuchar el roce de una llave sobre la embocadura de la cerradura de la vivienda. Sólo mi hermano y yo, aparte de mi madre, claro está, tenemos llave, por lo que supuse que era mi hermano. Me escondí detrás de la puerta de la cocina y escuché sus pasos dirigiéndose al salón. Cuando estuve completamente seguro de que no podía oírme, me deslicé hasta el pasillo y abandoné la casa sin que hubiera reparado en mi presencia. Tomé un taxi y fui a casa de mi hermano, donde mi cuñada me invitó a café y a conversación hasta que se me empezaron a pasar los efectos de la pastilla azul.

UNA AMPUTACIÓN INVISIBLE

Cuando me di cuenta, en el pasillo de un supermercado, de que había perdido el móvil, sufrí un ataque de sudor, pero no de sudor frío, como en las novelas de terror, sino de sudor caliente. Mi cuerpo padeció un cambio climático que se tradujo en un calentamiento general de su corteza. Por un instante creí que iba a cocerme en mi propio jugo dentro de esa corteza. Tenía a la vez un sentimiento de extrañeza y de incredulidad, como si acabara de sufrir la amputación violenta e indolora de un órgano. La amputación me había dejado un muñón invisible para los demás, un muñón psíquico, por entendernos, imposible de demostrar, pero tan pavoroso como un muñón de carne y hueso. Pasada la primera oleada de calor, revisé de nuevo los bolsillos de la chaqueta e investigué su forro sin ningún resultado.

Noté que la gente comenzaba a mirarme y comprendí que mi expresión debía de ser la de un loco. No podía explicarles que mi alteración se debía a la amputación del móvil porque no lo entenderían. No había herida, no había sangre, no había señales externas de violencia. Sólo quien ha perdido un teléfono móvil tan inteligente como el mío sabe de qué hablo. Tenía en él una agenda telefónica de cientos de números construida a lo largo de los años e imposible de rehacer entera. Tenía también notas y fechas y mensajes de entrada y de salida que nunca volvería a leer. No exagero si digo que mi móvil era un órgano más de mi cuerpo, no tan importante como el hígado o los riñones, pero más valioso que el apéndice o la vesícula biliar. En los viajes me hacía sentirme conectado con mi casa. En casa, me conectaba con el exterior.

Recuerdo la primera vez que vi un teléfono. No un teléfono móvil, sino uno convencional, de los de toda la vida. Acababa de llegar del colegio. Mi madre me tomó de la mano y me condujo hasta el cuarto de estar. En medio de la mesa camilla, sobre un tapete verde que lo enmarcaba y hacía resaltar más su presencia, había un teléfono negro. Me pareció que alrededor del aparato se formaba una extraña aura de luz, como si se tratara de una alucinación, y para mí, en cierto modo, lo era, ya que siempre había oído hablar del teléfono a mis padres con el mismo respeto que de los fantasmas.

Inmediatamente quise llamar a un compañero del colegio, pero mi madre me dijo que no, que costaba dinero. El teléfono sólo era para cosas urgentes. Y en efecto, fue para cosas urgentes. Aquel año lo oí sonar dos veces, una para comunicarnos que el abuelo se había muerto y otra, a la media hora de la anterior, para decirnos que el abuelo había resucitado (el padre de mi madre tenía cierta facilidad para entrar en estado cataléptico, y el médico lo dio por muerto erróneamente). Por nuestra parte, sólo lo utilizamos dos veces también, una para comunicar que mi hermano había nacido y otra para comunicar que había nacido una vez más (eran gemelos, pero el segundo vino con media hora de diferencia, cuando ya no se le esperaba).

No tengo asuntos tan importantes que me obliguen a permanecer atado al teléfono. Sé que si alguien necesita localizarme, lo hará de un modo u otro. En cuanto a la agenda, la reharé con la ayuda de mis amigos. Todo lo que dije en las primeras líneas para justificar el ataque de pánico que me produjo su pérdida era un conjunto de coartadas. Mi apego al teléfono tiene un fundamento fantástico que nunca, hasta ahora, había confesado. Verán, desde que a los ocho o nueve años vi aquel primer teléfono sobre la mesa camilla del cuarto de estar de la casa de mis padres, tuve la fantasía de que un día el teléfono sonaría y preguntarían por mí. Mi madre, extrañada, me pasaría el aparato y una especie de divinidad, desde el otro lado del hilo, me revelaría una verdad fundamental. Yo colgaría el teléfono, me volvería hacia mi familia y les confirmaría que Dios existía o que no existía, alternativamente, y que todo estaba permitido o todo prohibido, alternativamente.

Creo que sigo esperando esa llamada por la que al fin sabré si la vida tiene sentido o no. Soporto todas las demás como el precio que he de pagar para atender ésta. De ahí el ataque de sudor disolutivo que sufrí en un pasillo del supermercado al comprobar que había perdido el móvil y que me había desconectado no del mundo, al que pueden dar por saco, sino de esa deidad que tarde o temprano, lo sé, me llamará para revelarme una verdad esencial que dé sentido a mi existencia. Cuando esa llamada se produzca, ustedes serán los primeros en conocer su contenido, por si les ayuda a ir tirando.

MI PRIMER PLATO COMBINADO

«Nosotros no vivimos en la realidad, pero la visitamos», dice un espía de *Amigos absolutos*, la novela de John Le Carré, a un principiante con escrúpulos. Tuve un tío rico que vivía también fuera de la realidad, aunque de vez en cuando venía a pasar un rato con los que habitábamos en ella. Llegaba en un coche de quince metros que aparcaba delante de nuestra casa y cuyas llaves nos entregaba para que los niños jugáramos mientras él hablaba con mis padres. Dentro de aquel automóvil con el salpicadero de madera y tapizado en piel, nos sentíamos a salvo de la realidad. «Haces mal en dejar las llaves a los críos», decía mi madre, «te lo ponen todo perdido».

Y lo que yo escuchaba es que le dejábamos el interior del coche lleno de realidad, porque es cierto que no éramos muy limpios. A mi tío no le importaba, porque lo llevaba a un servicio de limpieza especializado en eliminar las manchas de realidad, aun las más rebeldes. Tengo para mí que la realidad era para él una especie de perversión de fin de semana. Bajaba a la realidad como otros se van de putas porque era un hombre con intereses muy variados. Aunque nunca logré averiguar de qué hablaba con mis padres, sé que sus conversaciones eran tensas, porque más de una vez escuché sus voces detrás de la puerta. Mi tío era un hombre misterioso y mis padres no.

Un día, fue a buscarme por la mañana y estuve varias horas con él fuera de la realidad. Me llevó a una especie de club de campo con piscinas de varios tamaños. Cada pocos metros había un quiosco de madera con el techo de paja en el que podías pedir lo que quisieras sin pagar. En los vestuarios había duchas con el suelo de madera y agua caliente que producía nubes de vapor. Vi también por primera vez en mi vida una sauna y muchas mujeres hermosísimas con atuendos que no parecían confeccionados en este mundo. Yo, al menos, no los había visto antes. También fue la primera vez que me tomé un «plato combinado». El plato combinado puede parecer ahora una vulgaridad, pero en aquella época se acababa de inventar y era a lo más que se podía aspirar desde el punto de vista de la gastronomía, incluso desde el punto de vista de la filosofía, pues no constituía sólo un modo de nutrirse, sino una forma de abordar la existencia.

Por la tarde, mi tío me llevó en su coche hasta un callejón desde el que se divisaba una calle principal en la que había un concesionario de automóviles de la misma marca que el que conducía él. Entonces sacó un sobre cerrado de la guantera y, señalándome la tienda de automóviles, me dijo que entrara en ella y que le diera el sobre a un señor con bigote que se veía a través del escaparate.

—Si te pregunta quién te ha dado el sobre, dile que un hombre que pasaba por la calle. Y regresa aquí dando un rodeo, para que no vea que te estoy esperando.

A mí todo aquello me parecía muy excitante porque no era real. Entré en la tienda, entregué el sobre y me quedé esperando una propina, pues estaba convencido, no sé por qué, de que al encontrarme fuera de la realidad me darían unas monedas, quizá unos billetes, por haber llevado a cabo aquella gestión irreal. El hombre del bigote abrió el sobre, leyó una nota manuscrita que había en su interior y me preguntó, con muy mala cara, quién me había encargado aquella misión. Le dije que un hombre que pasaba por la calle. El individuo miró hacia fuera y luego, viendo que yo continuaba parado, esperando la propina, me dijo que me fuera a la mierda.

Salí a la calle con la impresión de haber caído de improviso en la realidad y me metí en el coche de mi tío con lágrimas en los ojos.

—¿Qué te ha dicho?

—Me ha mandado a la mierda.

—Eso está bien —añadió él poniendo el motor en marcha y huyendo a escape de la realidad.

La semana pasada enfermó gravemente este tío nuestro. Fui a verle al sanatorio, pero cuando llegué acababa de expirar. Hablé con la enfermera que le había atendido y me preguntó que a qué se había dedicado mi tío. Le dije la verdad: que no lo sabía porque se trataba de un pariente lejano con el que tenía muy poca relación. «Él creía que había sido espía», dijo ella. Al día siguiente tropecé con la frase de Le Carré y me pareció una coincidencia asombrosa.

LOS PADRES MIENTEN

Mi hermano mayor me despertó a medianoche para revelarme el siguiente secreto:

—Dentro de poco te dirán que los Reyes Magos son los padres. Se lo dicen a todo el mundo al cumplir tu edad. No te lo creas. Los Reyes existen, pero como los mayores no saben el modo de explicar su existencia, dicen eso, que son los padres.

Mi hermano dormía en la cama de al lado. Nuestra relación no era ni buena ni mala, así que a veces nos llevábamos bien y a veces mal. Pero éramos cómplices de muchas cosas. Fumamos el primer cigarrillo juntos; hurtamos juntos también las primeras monedas del bolsillo de la chaqueta de mi padre; él me hacía los deberes de matemáticas y yo los de lengua... Dependíamos el uno del otro, en fin, en demasiadas cosas. Como decía aquél, dos que han robado caballos juntos están condenados a protegerse. La protección pasaba por hacernos este tipo de confidencias sobre las verdades básicas de la vida. Si los Reyes existían y él lo había averiguado, era mejor que yo lo supiera, por duro que resultara para mí.

Lo cierto es que yo ya había oído en el colegio rumores acerca de que Melchor, Gaspar y Baltasar eran los padres. Pero no les había prestado atención. Lo que no podía imaginarme era que los rumores procedieran de los adultos. Si ya les tenía poco respeto, lo perdieron del todo tras la revelación de mi hermano mayor.

En efecto, ese mismo año, cuando nos dieron las vacaciones de Navidad, mi madre me llamó un día y empezó a preguntarme qué pensaba yo de los Reyes Magos. Le dije que les tenía en gran consideración (no de este modo, claro, no era un niño cursi), aunque no siempre me trajeran lo que les pedía, pues me hacía cargo de que había en el mundo muchos niños y que no podían complacer a todos. Mamá se quedó desconcertada, ya que lo normal, cuando a un chico se le quita la venda de los ojos en este asunto, es que el chico esté ya al cabo de la calle. Creo que estuvo a punto de desistir, pero finalmente tomó aire y me dijo que los Reyes Magos eran los padres.

—Se trata —añadió— de una mentira que mantenemos durante la infancia, porque la infancia es una época de ilusiones fantásticas, pero tú ya no tienes edad para creer en los Reyes. A tu hermano se lo dijimos también cuando cumplió tus años.

Mi hermano me había aconsejado que cuando me contaran la mentira de que los Reyes eran los padres, fingiera que me lo creía, pues de lo contrario les parecería un chico raro y me llevarían al psicólogo.

—Yo —añadió— también lo fingí. Como comprenderás, si ellos se quedan más tranquilos así, tampoco cuesta tanto darles gusto.

Hice, pues, como que me lo creía y me fui a mi cuarto a escribir la carta a los Reyes, una carta, por primera vez, clandestina. Ese año, habida cuenta de que ya era un chico mayor y que me hacía cargo de la situación mundial, que era un desastre, les pedí cosas más razonables que en otras ocasiones. Mi hermano puso mi carta en el mismo sobre que la suya y se encargó de echarlas al correo. Curiosamente, ése fue el primer año que me trajeron todo lo que les pedí.

Al regresar de las vacaciones de Navidad al colegio, comprobé que a todos los de mi clase les habían dicho que los Reyes eran los padres, y todos se lo habían creído. Estuve a punto de sacarles de su error, pero mi hermano también me había dicho que ni se me ocurriera, porque me tomarían por loco. La conspiración para eliminar esa creencia de la cabeza de los chicos era prácticamente universal y resultaba ingenuo tratar de enfrentarse a ella, pese a las numerosas pruebas existentes, repartidas entre la Biblia, la Historia Sagrada y los propios hechos, pues lo cierto es que aun después de dejar de creer en los Reyes la gente continuaba recibiendo regalos.

Tuve la suerte, en fin, de mantener esa ilusión durante mucho más tiempo que mis compañeros. Si he de ser sincero, no recuerdo exactamente la edad en la que dejé de creer en los Reyes Magos, quizá cuando falleció mi hermano y en su funeral recordé esta historia fantástica que no sé cómo se le pudo ocurrir. Aunque también es cierto que una vez instalado en el mundo de los adultos comprobé que mentían tanto y de manera tan gratuita, que no sería raro que mi hermano llevara razón y que también hubieran mentido en esto. Este año, como todos desde aquella época, les escribí una carta clandestina (en mi casa ya no creen en los Reyes ni mis hijos) y me han traído de nuevo todo lo que les pedí.

LA VERDADERA MUERTE DE MAMÁ

A las pocas horas de que muriera mamá, con su cuerpo aún en el tanatorio, tuve que ir a su casa a buscar unos documentos. Me sorprendió encontrar en su mesilla un teléfono móvil, pues siempre se había manifestado en contra de ese aparato. Comprobé que la pila estaba cargada y me lo llevé junto con el cargador. Durante el resto de la jornada, mientras atendía a las personas que pasaron a darme el pésame, fui consciente de que llevaba aquel trasto de mamá en el bolsillo. De vez en cuando, me separaba de los demás y comprobaba que continuaba encendido. La verdad es que estaba ansioso por que sonara. ¿Quién podría llamar? Quizá la propia mamá, me dije, o alguna relación que yo no le conocía y que era la causante de que hubiera incorporado a su existencia ese artefacto del que decía abominar.

Tras el entierro, volví a casa y me preparé una infusión. Vivo solo, como mamá, pero no soy viudo, como ella. Nunca he tenido una relación que me durara más de dos meses. Cuando falleció papá, con quien me llevaba muy mal, le sugerí a mamá que viviéramos juntos, pero ella adujo que teníamos hábitos muy distintos y que era mejor que cada uno se quedara en su casa. Así lo hicimos. Por lo general, iba a verla una vez a la semana y comíamos juntos, aunque la telefoneaba a diario. Nunca supe si mis llamadas la alegraban o la fatigaban. Ella procuraba no hacerme daño, pero siempre me transmitía la impresión de que yo dependía más de ella que ella de mí.

Mientras me tomaba la infusión, saqué el móvil del bolsillo. Continuaba vivo, pero se le había borrado una rayita de las que indican el estado de la batería. Lo puse a cargar, pues si se apagaba, no conociendo su clave secreta, tampoco podría volver a encenderlo. Luego entré en el menú y busqué la agenda, pero la tenía vacía. Durante los días siguientes, me quedaba a veces mirándolo, esperando el milagro de que sonara y averiguara algo que no sabía de mamá. Lo guardaba dentro del bolsillo interior de la chaqueta y de vez en cuando me llevaba la mano al aparato, como quien se la lleva al corazón, para comprobar que continuaba allí. Más de una vez me dio la impresión de que vibraba, pero no era él, era mi corazón.

Hace algún tiempo, se quedó vacío el apartamento contiguo al mío. Sabía que no vivía nadie en él porque me lo dijo el portero, pero a veces me parecía oír ruidos. En más de una ocasión apliqué mi oído al tabique de separación, para cerciorarme de que no vivía nadie. También fantaseé con la idea de hacer un pequeño agujero en la pared para descubrir al fantasma que habitaba en ese piso vacío. Manías de soltero, de persona solitaria con demasiado tiempo libre. Establecí con el móvil de mamá una relación semejante a la que tengo con el tabique. Me lo colocaba a veces en el oído, para ver si había alguien al otro lado. Y tenía que haberlo, pues de otro modo mamá jamás se lo habría comprado. Alguien se lo tuvo que regalar, alguien que utilizaba el móvil a modo de cordón umbilical con ella.

El tiempo pasó sin que el teléfono sonara. Miento: sonó un par de veces, pero eran llamadas de personas que se habían equivocado, o eso creo. La primera se produjo un domingo por la mañana. Estaba preparando un zumo de naranja que fue a parar al suelo, por el susto. Al otro lado había un hombre que preguntaba por Rosario. Le dije que el teléfono no pertenecía a nadie con ese nombre, por lo que pidió disculpas y colgó. La segunda vez estaba en el cine. Había activado el mecanismo de vibración, para que no sonara. De súbito sentí una especie de taquicardia fuera del pecho. Al principio creí que se trataba de una alucinación, pero me llevé la mano al bolsillo y lo sentí temblar. Me levanté para salir de la sala, pero al llegar al vestíbulo, cuando me disponía a atender la llamada, cesó la vibración. En la pantalla del aparato apareció la leyenda «Llamada perdida». Busqué información, pero el número del llamante estaba oculto.

Mañana hará un año que murió mamá. Creo que es absurdo continuar manteniendo esta atención a un teléfono mudo. Quizá ha llegado el momento de desprenderme de él. Pero no sé si arrancarle la batería de golpe, para que muera de manera instantánea, o dejar que se vaya agotando poco a poco, asistiendo tercamente a su agonía como si asistiera a la mía y como no asistí, por cierto, a la de mamá, que murió de repente, sin que me diera tiempo a despedirme de ella. Haré esto último: dejar que la batería se agote poco a poco. ¿Cuánto puede durar? ¿Dos días? ¿Tres? ¿Cuatro? Serán los que me queden a mí para cambiar de vida. Mamá habrá muerto del todo cuando su móvil deje de respirar. Qué absurdo para alguien que, como ella, odiaba la tecnología.

GANAS DE BRONCA

Mi madre sólo escuchaba la radio para estar de acuerdo o en desacuerdo con ella. Todo lo que oía le servía para pelearse o congraciarse con la realidad. No tenía términos medios. Por eso en casa no se escuchaba nunca música clásica, porque es muy difícil estar a favor o en contra de lo que dice la música clásica. En cambio, la volvían loca los boleros, a cuyos protagonistas zahería sin piedad por enamorarse de quienes no les convenían. Eso era lo que le pasaba a ella, que se había enamorado de mi padre, a quien unos días adoraba y otros detestaba. Mi padre nunca supo por qué le quería o le odiaba, indistintamente, pero como la experiencia le fue enseñando que todo cuanto decía podía ser empleado en su contra, fue hablando cada día menos. Pasó sus últimos años sin decir nada, pero hasta el silencio le servía a mi madre para pelearse con él:

—Sí, sí, tú no digas nada, pero yo sé muy bien lo que estás pensando y ya te digo que es un disparate.

A veces, sin embargo, utilizaba el silencio de mi padre para darse la razón a sí misma.

—Entiendo, puesto que el que calla otorga, que estás de acuerdo en que este año veraneemos en la sierra.

Cuando llegó la televisión, mantuvo con ella la misma relación que con la radio, sólo que ahora a los argumentos verbales añadía los visuales.

—Pero mírale, si es un idiota. Dice cosas inteligentes para despistar, pero a mí no me engaña, porque la cara es el espejo del alma.

Mi padre aprendió a mirar la televisión con una neutralidad que le ponía a uno los pelos de punta. Parecía que estaba viendo otra cosa, invisible para el resto de los mortales.

—¿Pero tú ves lo mismo que yo? —le preguntaba mi madre.

Y él no respondía. Jamás respondió. Yo comía una vez a la semana con ellos y me asombraba ante la impenetrabilidad de mi progenitor, que me parecía admirable. Su proceso de indiferencia llegó al punto de dejar de fumar, de abandonar el cigarrillo, que en los últimos años había sido el único objeto real al que se asía con alguna desesperación. Mi madre, que se había pasado la vida reprochándole que fumara, le criticaba ahora por no fumar. Es más, ella, que detestaba el tabaco, se aficionó al Marlboro, y le echaba el humo en la cara, para tentarle. Yo creo que mi padre ya no fumaba por pereza; que ya no hablaba por pereza; que no se movía del sofá por pereza. Muchas veces pensé que no se moría por pereza. De todos modos, como en esto de fallecer la biología acaba haciéndote el trabajo, un día, después de comer, se puso a agonizar sin estrépito de ninguna clase. Mi madre le preguntó si se encontraba mal y él, por toda respuesta, expiró.

—A mí no me engañas —le dijo mi madre—. Sé perfectamente que te has muerto.

PAPELES PINTADOS

Un día mi madre salió desnuda al pasillo y cogiéndome enloquecida por los hombros me ordenó que fuera corriendo a la droguería y gritara que empapelar era más sencillo que pintar.

—¿Para qué? —articulé yo intentando desviar la mirada de sus pechos, sin conseguirlo, me parece.

—Dan un premio al primero que llegue y diga eso. ¡Corre!

Era el primer día que me levantaba de la cama después de haber estado una semana enfermo, con anginas, así que hice un movimiento de rebelión frente a su brusquedad: no era manera de tratar a un convaleciente. Pero ella me lanzó de un empujón escaleras abajo y de súbito me vi corriendo como un loco hacia la calle intentando que el recuerdo de sus senos, que todavía bailaban delante de mis ojos, no me impidiera totalmente la visión de los coches. Deduje que acababa de quitarse el camisón cuando oyó el anuncio por la radio. Y es que había, en efecto, una marca de papeles pintados que se presentaba cada día en la droguería de un barrio diferente y desde allí lanzaba un reto absurdo a sus habitantes a través de las ondas. El premio consistía en un viaje a Canarias, además de media docena de rollos de papel pintado. Una fortuna para la época. Y la posibilidad de salir en la radio y que te escucharan los abuelos, los vecinos, las madres de tus compañeros...

Todas estas promesas engrasaban mis piernas, que jamás habían alcanzado semejante coordinación motora. Hacía mucho frío, pero yo sudaba imaginando la foto en la que se nos veía a mis padres y a mí delante del avión que nos llevaría a las islas. «Enfermo de anginas gana un viaje a Canarias», rezaba el titular del *Ya*, el periódico apto para menores que se leía en casa. Se trataba, en fin, de una oportunidad para convertirme en un héroe, quizá la única que me ofrecería la vida si era cierto aquello de que la suerte sólo pasa una vez por tu puerta. A medida que aumentaba el rendimiento muscular, escuchaba una sucesión de pequeños estallidos dentro de mí, como si estuviera relleno de vesículas o divertículos que estallaran víctimas de aquel esfuerzo excepcional. Ignoraba si era grave, pero no podía parar a escucharme en tales momentos.

Aunque la campaña se había hecho famosa, nadie pensó que la marca de papeles pintados se dignara caer por Prosperidad, un barrio periférico y dejado de la mano de Dios. Nosotros vivíamos en Canillas, relativamente cerca de la droguería. Los niños de mi calle se encontraban en el colegio, así que por ese lado no tenía competidores. En cuanto a los hombres, estarían en sus trabajos o en sus paros. Sólo quedaban las mujeres, a la mayoría de las cuales habría sorprendido el anuncio desnudas, como a mi madre. Un infierno de mujeres desnudas me cubrió de nuevo la visión. Y aunque logré deshacerme de ellas, quedaron flotando por aquí y por allá hombros y pechos sin cubrir. Dios mío, no he podido olvidar el baile de aquella multitud de pechos, mientras trotaba hacia la gloria o hacia Canarias, que estaban en la misma dirección. De haber continuado corriendo a aquel ritmo, sin parar, habría llegado a Tenerife sobre las aguas y, además de en el periódico, me habrían sacado en la Biblia.

Al doblar una esquina, tropecé con un cojo que cayó al suelo, pero resolví con increíble celeridad la duda moral de si ayudarle a levantarse o continuar corriendo: continué corriendo. Por fin, con los pulmones más arrugados que un par de calcetines sucios, llegué a la droguería, a cuya puerta había una multitud que me abrió paso horrorizada. Alcancé el mostrador, y aunque sabía que se me habían adelantado treinta o cuarenta personas, grité que empapelar era más sencillo que pintar. Lo curioso es que no me salió de la boca ni una sola palabra, como si hablara debajo del agua. Entonces caí al suelo víctima de la primera lipotimia de mi vida.

Siempre hay alguien que vive más cerca que tú de la droguería del barrio; sólo el infierno está a la vuelta de la esquina, eso es lo que aprendí. La vida no volvió a darme una oportunidad como aquélla, lo que es de agradecer. En cambio, durante los días siguientes logré sacarle alguna rentabilidad a la culpa de mi madre, cuyos pechos continúan siendo la medida de todas las cosas. El sexo es el premio de los perdedores.

EL TÍO EMILIO

Necesitaba renovar el carné de conducir y me acerqué a un fotomatón que hay en Velázquez, al que he acudido otras veces en situaciones de emergencia. Todo fue bien hasta que apareció la tira fotográfica y vi que la persona retratada era mi tío Emilio, un hermano de mi padre muy odiado en la familia porque mató a disgustos a los abuelos. Si no hubiera creído en tonterías paranormales, me habría ido a casa con las fotos, le habría dicho a mi mujer fíjate cómo me parezco en esta foto al sinvergüenza del tío Emilio, y santas pascuas. Pero estoy lleno de sugestiones, y la verdad es que había salido clavado a él, con esa caída del párpado izquierdo que le delata cuando está borracho o planeando una maldad.

Al día siguiente, cambié de fotomatón, fui a uno que hay en la calle de Serrano y me hice dos series de fotografías con idéntico resultado. «Dios mío», me dije, «soy el tío Emilio, cómo he podido caer tan bajo». Esa tarde tenía que visitar a mis padres, pues habían estado en el médico para hacerse unos análisis. Quería saber qué tal andaban de transaminasas y todo lo demás, pero me daba terror que papá se diera cuenta de que yo era el sinvergüenza de su hermano y cayera fulminado por el dolor o me echara de su casa a patadas. Y a papá todavía se le puede engañar, pero mamá es muy perspicaz. Parece una bruja. Ha sabido todas las cosas importantes que me han sucedido en la vida antes que yo. Recuerdo que dos meses antes de que me quitaran la vesícula, estábamos un día sentados a la mesa, comiendo una paella que había preparado en la olla exprés, y de repente dijo:

—Es inútil que lo ocultes, sabemos que te vas a operar de la vesícula.

A los dos meses, en efecto, sucedió. En general procuro no pensar nada delante de ella porque tiene la capacidad de escuchar los pensamientos de los otros con unas orejas invisibles que, como es natural, a simple vista no se ven. De todos modos, me puse en la peor de las situaciones y decidí que negaría ser el tío Emilio hasta el final en el caso de que me acusaran de no ser yo. Muchas veces he conseguido con obstinación lo que no podía lograr a base de razonamientos.

Tardaron mucho en abrir la puerta, aunque les oí ir y venir por el pasillo discutiendo entre sí. En un par de ocasiones me pareció que se asomaban por la mirilla, pues noté cambios en el brillo de la lente. Insistí un poco y al fin apareció mamá, que me franqueó el paso sin decir nada. La seguí a lo largo del pasillo y cuando llegamos al salón me senté en la butaca de siempre. Papá estaba leyendo un periódico deportivo y apenas emitió un gruñido para saludarme. Desde que son viejos tienen peor humor que antes. La edad no mejora nada. Le pregunté por los análisis y señaló con la barbilla un sobre que había encima de la mesa. Lo cogí y me pareció que no estaban mal, al menos en lo que yo podía entender. Quizá el azúcar un poco alto y las transaminasas en el límite, pero el colesterol era perfecto, igual que los glóbulos y las plaquetas.

—Esto tiene muy buena pinta —dije, dándome cuenta de que era una de las frases preferidas de mi tío Emilio. Se pasaba la vida diciendo *esto tiene muy buena pinta* sin referirse a nada en concreto.

—Es inútil que finjas —respondió mi padre—, nos hemos dado cuenta de que eras Emilio por el modo de tocar el timbre: dos cortas y una larga.

Tengo la mala suerte de llamarme Emilio también, pues cuando nací mi tío no se había convertido aún en un malvado y me dieron su nombre.

—Claro que soy Emilio. ¿Quién iba a ser si no?

—Tú sabes el *Emilio* que digo.

Mamá asintió y tomando la labor se puso a tejer con un odio desmedido en su butaca. Yo me colmé de paciencia y decidí esperar a que pasara la tormenta. En los bolsillos me ardían las fotos del fotomatón, que lamenté no haber destruido antes de entrar, así que me levanté y fui al cuarto de baño. Las rompí en mil trozos y las arrojé por el retrete. Cuando ya iba a salir, recordé que mis padres solían esconder el dinero en un hueco que hay en la pared, detrás del botiquín, y decidí robarlo, junto a un frasco de ansiolíticos que encontré al lado de los billetes. Luego dije que tenía que hacer algo urgente y salí corriendo.

—Adiós, *Emilio* —dijo mi padre con sarcasmo, y en ese momento comprendí que uno no es en la vida lo que quiere, sino lo que le piden los otros. Y lo que decide el fotomatón.

LLAMADA DE ULTRATUMBA

Seguramente fue un error ocultar a nuestro hijo la muerte de su abuela, pero así lo decidimos mi mujer y yo cuando nos comunicaron la desgracia. Fue todo muy rápido, muy inesperado también, y no nos dio tiempo a reaccionar con sensatez. Hasta que comenzó el colegio, lo dejábamos en casa de mi madre al irnos a trabajar, por lo que la quería mucho, tanto o más que a nosotros. No resultaba fácil explicarle su desaparición.

—¿Se lo decimos o no? —preguntó mi mujer arreglándose para acompañarme al tanatorio.

—Vamos a esperar unos días —dije yo—. Ha sido todo tan repentino.

La vecina a quien se lo encomendamos en situaciones de emergencia se encontraba fuera, de modo que decidimos que se quedara solo. Nuestra casa está a diez minutos del tanatorio, que se ve casi desde la terraza. Llamaríamos por teléfono de vez en cuando y si sucedía algo apareceríamos en seguida uno de los dos.

El niño estaba serio. En algún momento pensé que quizá se había enterado de todo y que no comprendía nuestra obstinación en ocultárselo. Yo procuraba evitar su mirada, pues bastante trabajo tenía con ocultar mi pena. Mi mujer se cambió de ropa dos veces, preguntándome qué me parecía más adecuado para acudir a una capilla ardiente. También dudó si ponerse collar o no. Le dije en mal tono que se pusiera cualquier cosa, pero que no tardara tanto en arreglarse. No íbamos a una fiesta.

Luego le expliqué al niño que teníamos que salir, aunque volveríamos pronto.

—Puedes quedarte solo un rato —añadí—. Ya eres mayor. Si necesitas algo, llámanos al móvil. Te dejo que veas la tele hasta que regresemos.

Respondió a todo con monosílabos y no mostró ningún interés en que le dejara encendida la tele. Me pareció que nos odiaba a su madre y a mí. Yo recordé las mañanas de invierno en las que lo dejaba con su abuela antes de que se hiciera de día, para no llegar tarde al trabajo, y me pareció injusto no hacerle partícipe de la noticia. Aunque estaba muy confundido, no fui capaz de dar marcha atrás. Pensé que hablaría con él al día siguiente y que lo entendería. A veces damos a las cosas más vueltas de las necesarias.

Al fin apareció mi mujer. Se había arreglado demasiado para mi gusto, pero pensé que quizá eso despistaría al niño, lo que tenía su lado bueno. De todos modos, no salí de casa tranquilo. Mientras nos dirigíamos al tanatorio me dio por pensar en la cantidad de accidentes domésticos a los que está expuesto un niño solo. Me irritaba, además, no ser capaz de concentrarme en el dolor que debería haberme producido la pérdida de mamá. Lo pagué con mi mujer, a la que dije un par de cosas desagradables.

En el tanatorio estaban ya mis hermanos, mis tíos

también, la familia al completo. Había más gente de la que cabía imaginar, de modo que mi mujer y yo pasamos un poco inadvertidos. De vez en cuando se acercaba alguien a darme el pésame y yo le respondía mecánicamente. No fui capaz de asomarme al cristal para ver el rostro de la fallecida. Pensaba en mi hijo con una culpa enorme y le telefoneé, ansioso, un par de veces.

Al volver a casa, el niño dijo que había telefoneado la abuela. Mi mujer y yo nos miramos desconcertados unos segundos y luego nos pusimos a hacer cosas para disimular. Ya en la cama, discutimos porque a ella, que se pasa la vida leyendo revistas esotéricas, le parecía posible que mi madre hubiera hecho una llamada de ultratumba.

A la semana siguiente le dije al niño que la abuela había muerto, aunque falseé la fecha para que no coincidiera con la de aquella llamada telefónica. El tiempo ha ido pasando y yo estoy cada vez más convencido de que nos mintió por rencor. De hecho hay entre él y yo, desde entonces, una especie de herida sin sutura. Mi mujer dice que son aprensiones mías. Y es que está más dispuesta a creer en el más allá que en un problema psicológico. Pero ella no vive eso como una contradicción. Somos tan distintos.

DOS PARES DE CALCETINES

Tuve un accidente en la calle. Un coche me empujó y al caer me golpeé la cabeza contra el suelo. Cuando volví en mí, estaba en la camilla de un hospital. Lo supe antes de abrir los ojos, quizá por el olor a quirófano, por los murmullos médicos, por el roce de las batas sobre los muslos de las enfermeras. «Estoy en un hospital», me dije, e inmediatamente recordé que había salido de casa con dos pares de calcetines. Siempre me pongo dos pares, uno de lana y otro de nailon. El de nailon, por encima del de lana. Me parece que de este modo llevo mejor sujetos los pies. No se trata de nada razonable, de manera que tampoco intentaré explicarlo. Adquirí la costumbre de adolescente, en un internado donde hacía frío, y la costumbre se convirtió en una superstición. Si no me pongo los dos pares, salgo con miedo a que me ocurra algo. Es probable que si el día del accidente hubiera llevado un solo par, el coche me hubiera matado en vez de dejarme sin sentido.

El caso es que estaba sobre la camilla de un hospital, desnudo, lo que significaba que alguien, al quitarme la ropa, se había dado cuenta de mi excentricidad. Mantuve los ojos cerrados, fingiendo que continuaba desmayado, mientras improvisaba una explicación. Se supone que si a alguien le sorprenden con dos pares de calcetines debe justificarse de algún modo. Abrí los ojos y vi a una enfermera sonriéndome. No me reprochó nada.

—¿Qué ha pasado? —dije para ganar tiempo.

—¿No lo recuerda usted?

Comprendí que estaba tratando de ver si el golpe me había afectado gravemente y dije la verdad por miedo a que me operaran.

—Me golpeó un coche.

—¿Se acuerda de cómo se llama?

Dije mi nombre, correctamente al parecer, y después me puso delante de los ojos tres dedos de una mano para comprobar que no veía cuatro o cinco. Enrojecí de vergüenza o de pánico. Temí que de un momento a otro me pusiera delante de la cara un par de calcetines, para que los contara en voz alta. Se asustó al verme enrojecer por si se debía a una subida de tensión. Las secuelas de los golpes en la cabeza pueden aparecer horas más tarde del accidente.

—¿Estoy en La Paz, en el Ramón y Cajal o en el Gregorio Marañón? —pregunté para demostrar mi cultura hospitalaria. Pensé que de ese modo no sacaría a relucir el asunto de los calcetines.

—¿En qué ciudad se encuentran esos hospitales? —preguntó ella a su vez.

—En Madrid —respondí dócilmente, siempre con el temor de que la siguiente pregunta fuera la de los calcetines.

De pequeño, cuando salía a la calle, mi madre siempre me preguntaba si llevaba la ropa interior limpia. «Si tienes un accidente, en los hospitales lo primero que hacen es desnudarte. Me imagino que no te gustaría que las enfermeras te vieran con la ropa interior sucia», decía.

Ese temor me ha acompañado siempre. Hasta para ir a por el periódico me pongo ropa limpia. Sin embargo, nunca había calculado el peligro de que me pillaran con dos pares de calcetines, uno encima de otro, y pensé que se trataba de la típica rareza que implicaba alguna clase de perversión venérea, tampoco sabría decir cuál.

—¿Quiere que avisemos a alguien? —preguntó al fin.

—¿Me tienen que operar o algo así?

—No, no —dijo riéndose—, está todo en regla, pero es mejor que pase la noche aquí, en observación.

Al poco apareció mi madre y tras cerciorarse de que estaba entero me preguntó si llevaba la ropa interior limpia cuando me atropelló el coche.

—Acababa de cambiarme —dije, lo que la llenó de orgullo, no todo el mundo puede recoger de un modo tan palpable los frutos de su trabajo educativo.

—Pero llevaba dos pares de calcetines —añadí avergonzado.

—¿Cómo que llevabas dos pares de calcetines? ¿Y eso por qué?

—Por una superstición. Temo que me ocurra algo si salgo con un solo par.

Mi madre me miró con rencor y comprendí que le acababa de asestar uno de los golpes más fuertes de su vida.

—¡Qué vergüenza! —dijo, y cuando entró la enfermera le contó que en realidad yo era adoptado.

MI PIERNA DERECHA

Mi padre estaba en el borde de la carretera, junto a su automóvil. Esperaba, con un bidón de plástico en la mano, que alguien lo recogiera. Yo iba en moto, con un casco que me ocultaba la cara. Me detuve junto a él sin identificarme.

—¿Te has quedado sin gasolina? —pregunté.

—Sí —respondió.

—Sube.

Mi padre subió a la moto sin haberme reconocido. Hacía cinco años que no nos veíamos, ni nos hablábamos. La última vez que nos habíamos dado un abrazo fue en el entierro de mi madre. Después, sin que hubiera sucedido nada entre nosotros, habíamos ido espaciando las llamadas telefónicas hasta que se cortó la comunicación.

Noté cómo agachaba la cabeza para protegerse del aire. Sin duda, reparó en el alza de mi zapato derecho, pues tengo esa pierna un poco más corta que la izquierda. Mi padre me había hablado muchas veces del disgusto que se habían llevado cuando, tras mi nacimiento, el médico les dio la noticia. Yo nunca lo he vivido como un drama, pero siempre me pareció que ellos se sentían culpables por aquellos centímetros de menos, o de más, según se mire: jamás conseguí averiguar cuál de las dos piernas consideraban defectuosa.

Conduzco con mucha agilidad, colándome entre los coches con movimientos que desde algún punto de vista podrían parecer imprudentes. Noté que mi padre, pese al pudor que le daba el contacto con otro hombre, se cogía a mi hombro con la mano izquierda mientras intentaba pegar a su muslo el bidón de plástico que llevaba en la derecha. Supe que no dejaba de mirar el alza del zapato. Sin duda, se habría preguntado por la posibilidad de que yo fuera su hijo. Quizá recordara la sucesión de médicos por los que había pasado, la cadena de radiografías, el rosario de soluciones, para llegar al fin a ese remedio sencillo, mecánico, de colocar un pequeño suplemento en el zapato de la pierna más corta. Entonces, ejerció sobre mi hombro una presión que podría interpretarse como una muestra de afecto a la que no respondí.

Al poco llegamos a la gasolinera, donde se bajó de la moto con el bidón de plástico en la mano. Le dije que no podía llevarlo de regreso hasta su coche y él respondió que no me preocupara, que ya encontraría a alguien. Noté que intentaba ver mi rostro a través de la visera ahumada de mi casco. Esa noche sonó el teléfono un par de veces en mi casa, pero colgaron cuando lo cogí.

EL BRAZO DERECHO DE MI PADRE

Mi padre no se dio cuenta de que apenas me había abrazado hasta que perdió el brazo derecho en un accidente laboral por el que estuvo cuarenta días hospitalizado. Cada vez que iba a verlo, yo le miraba el brazo que no tenía como si fuera más visible que el izquierdo. Pero la ausencia, claro, carecía de volumen. Era un brazo de aire. Aquel empeño en observar lo inexistente no me facilitó ninguna conclusión, pero sí una cantidad de extrañeza que por la noche, en la cama, intentaba digerir inútilmente. Quería preguntar a mi madre qué habían hecho con el brazo amputado de papá, pero una especie de instinto me decía que se trataba de una pregunta indecorosa.

Cuando mi padre volvió a casa, el vacío de su brazo quedó cubierto por la manga de sus camisas o de sus chaquetas, que a veces se movían como si tuvieran vida propia. Yo no podía dejar de mirarlas porque me atraían fatalmente, igual que las cortinas que se ondulan por el paso del aire sugiriendo la existencia de alguien agazapado detrás de ellas. Mi madre me dijo en un aparte que debía controlar aquella forma de mirar porque a mi padre le hacía daño. Mi padre era diestro, por lo que tuvo que aprender a hacerlo todo de nuevo con el brazo izquierdo. Asistí, turbado, a su proceso de aprendizaje. Llevarse una cucharada de sopa a la boca le suponía un esfuerzo humillante y brutal. Durante esa época decidí ser ambidextro y me pasaba los días practicando con el brazo izquierdo para no padecer las penalidades de mi padre en el caso de que sufriera una desgracia como la de él.

Lo que mi padre llevaba peor era el recuerdo de que apenas me había abrazado mientras había podido hacerlo. No sé en qué momento ni por qué cayó en la cuenta de que tenía esta deuda conmigo, pero se convirtió en una obsesión. Cuando estábamos solos, me pedía que me acercara a él, me rodeaba el cuerpo con el brazo izquierdo y colocaba la manga derecha de la chaqueta de tal modo que pareciera que tenía un brazo dentro.

—Me arrepiento tanto de no haberte abrazado... —me decía al oído, mientras yo intentaba librarme de él.

Pero no podía, no me era posible liberarme porque me sujetaba fuerte, fuerte, y no con el brazo izquierdo, como cabría suponer, sino con el que le faltaba, el derecho. Por ese brazo inexistente me sentía yo atrapado. Todavía lo estoy.

UNA HISTORIA DE FANTASMAS

Cuando mi padre murió, encontré en uno de los cajones de su mesa de trabajo una caja de fósforos sin estrenar, aunque tenía cuarenta años o más. Me impresionó. Creo que el destino de los fósforos es arder como el de las estrellas apagarse. Aquellas cerillas, que habían escapado a su destino fatal, caían ahora en mis manos para crearme un dilema. Al principio supuse que sus cabezas estarían caducadas y que ya habrían perdido, en consecuencia, su oportunidad de arder. Pero luego pensé que quizá no, y que en tal caso yo era el instrumento del destino para que cumplieran su ciclo. Durante varios días jugué con la idea de encenderlas, pero siempre desistía por miedo, supongo, a que funcionaran, o quizá a que no funcionaran. Ninguna de las dos posibilidades resultaba tranquilizadora.

Anoche se fue la luz en casa. Estaba yo solo y no tenía con qué alumbrarme. Tras un rato de espera, me acordé de la caja de cerillas de mi padre y la busqué a tientas entre los objetos que llenan mi mesa de trabajo. Con el corazón en la garganta, saqué una y la froté sobre la lija. En seguida saltó una llamarada que tras estabilizarse empezó a alumbrar el espacio. Lo raro es que lo que se veía a su luz no era mi despacho, sino el de mi padre. Asombrado, mientras el rabo de la cerilla se consumía, vi cada uno de los rincones de aquella habitación en la que de pequeño tenía prohibida la entrada. Con el halo mortuorio característico del resplandor de los fósforos, observé la mesa sobre la que trabajaba mi padre, repleta, por cierto, de fetiches también, como la mía, y un trozo de la raída alfombra llena de quemaduras de las colillas de tabaco. Me pareció que al fondo de la habitación había una figura (¿mi madre?), que no llegué a distinguir bien porque la cerilla me quemó los dedos y hube de arrojarla al suelo, aunque no sabría decir sobre qué alfombra cayó, si sobre la de mi padre o la mía.

Cuando dudaba si encender o no la segunda, volvió el fluido eléctrico y decidí que no. Al poco, regresó mi mujer y me preguntó qué me había pasado.

—Parece que has visto un fantasma.

No le dije que lo había visto, en efecto, o que yo había sido el fantasma de una realidad alumbrada por las cerillas de mi padre. Llevo desde ayer intentando evocar la figura borrosa que se veía al fondo de la habitación. Era una mujer, desde luego, pero quizá no era mi madre. Es más: no lo era, pues la habría reconocido en seguida. ¿De quién se trataba, pues? Creo que no podré averiguarlo hasta que se vaya de nuevo la luz y pueda encender, con esa coartada moral, otra cerilla.

ESCRIBIR A LA CONTRA

Cuando me pregunto si tuve buenos educadores, los imagino a ellos, a mis educadores, preguntándose si tuvieron buenos alumnos. En general, creo que fuimos muy malos los unos para los otros, pero ya no tiene remedio. Entre los que recuerdo, hay un profesor de literatura que nos mandaba hacer unas redacciones curiosísimas. Por ejemplo, si una película nos había gustado mucho, teníamos que decir lo contrario, pero argumentándolo de tal manera que ningún lector fuera capaz de descubrir si mentíamos o decíamos la verdad. Haciendo aquellas redacciones, me di cuenta de que muchas películas que creía que me habían gustado me parecían en realidad detestables. También aprendí que con un poco de talento y práctica se pueden defender las posturas más insostenibles. Todavía utilizo el método de aquel profesor, pues muchos de mis artículos están escritos directamente contra mí. Desconfío tanto de lo que pienso que sólo tengo la impresión de acertar cuando me contradigo.

Cierto día, aquel profesor nos mandó hacer una redacción sobre nuestros padres. Nos pidió que imagináramos que uno de los dos tenía que morir y nosotros debíamos decidir cuál. Durante el recreo, no se habló de otra cosa.

—Yo elegiría a mi padre —decía uno—, pero es el que trae un sueldo a casa.

—No te preocupes —replicaba otro—, que tu madre cobrará la pensión.

—¿Qué es la pensión? —preguntaba el de más allá.

Yo no sabía a cuál de los dos liquidar. Fantaseé con ambas posibilidades y elegí la que me producía más culpa, pues ya era un experto, o eso creía, en escribir en contra de mis intereses. Maté a mi padre, pues, y obtuve una nota de 9, la más alta de las conseguidas en toda mi vida. Gracias a ella, no suspendí por primera vez en todo el curso la literatura de ese mes. Mi padre me felicitó y me dio un beso. Me parecieron la felicitación y el beso de un condenado a muerte.

Arrastré esa culpa durante años, hasta que el azar y los síntomas me llevaron al diván del psicoanalista y averigüé que todo niño desea matar a su padre para poseer en exclusiva a su madre. Hice, pues, lo correcto y así me lo explicó mi psicoanalista, sugiriendo que no debía culparme por ello. De lo que me culpo ahora es de haber hecho lo previsible. No dejo de preguntarme si, en el caso de haber acabado con mamá, me habrían dado un 10, incluso una matrícula de honor.

LOS PADRES DE LOS AMIGOS

Durante un tiempo estuve anotando en un cuaderno cómo morían los padres de mis amigos, pues hay una edad en la que se empiezan a morir los padres y la perspectiva de las cosas cambia. A veces no cambia en el momento mismo de la muerte, sino pasadas unas semanas o unos meses. El padre de Miguel, por ejemplo, que falleció de un infarto al agacharse para recoger del suelo una moneda, no murió realmente hasta después de un año de su incineración. Miguel continuó refiriéndose a él en presente hasta que un lunes lo hizo en pasado sin que supiéramos por qué. Al poco, su mujer y él se separaron, como si con el padre se hubieran extinguido más cosas, o como si su defunción hubiera certificado otras muertes de las que hasta entonces tampoco nos habíamos dado cuenta.

Antonio enterró a su padre sin avisar a ninguno de los amigos. Nos enteramos al cabo de una semana y al preguntarle por qué no nos había dado la oportunidad de acompañarle en esos momentos, levantó los hombros y las cejas en un gesto de interrogación, como queriendo decir que tampoco él sabía por qué lo había hecho. Su padre murió en el hospital, tras una operación de estómago que en principio no revestía gravedad. Al mes de su entierro Antonio empezó a llevar corbata, una prenda que siempre había detestado. También comenzó a rondarle la idea de tener un hijo y lo tuvo al año siguiente, sin decir nada a nadie. Un día nos encontramos por casualidad en un parque y me enseñó al niño, que iba dentro de un cochecito. Era pelirrojo, como él, y tenía cara de asombro.

Luis era quizá el más antiguo de mis amigos. Nos conocíamos desde el colegio y yo había pasado cientos de tardes estudiando en su casa. Conocía, pues, muchísimo a su padre, que tenía una papelería-librería. El padre de Luis coleccionaba plumas estilográficas cuyos capuchones limpiaba los domingos por la tarde con un algodón empapado en alguna sustancia que olía a podrido. Un día me telefoneó Luis y me dijo que le habían llamado de la residencia de ancianos diciéndole que su padre estaba mal. Quería que le acompañara, pues le daba miedo ir solo. Lo recogí en mi coche y nos pusimos en marcha, pero al llegar a la residencia el viejo había sido facturado en una ambulancia a un centro hospitalario. Entró directamente en el depósito de cadáveres porque llegó muerto. La versión oficial fue que había fallecido durante el traslado, aunque alguien nos insinuó que pudo haber salido sin vida de la residencia, donde quizá prefirieron quitarse de encima las complicaciones que da tener un cadáver en casa. La cuestión era que al haber llegado sin vida al hospital, el juez ordenó que se le hiciese la autopsia y no fue posible velar el cadáver.

—¿Me dejarán verlo por lo menos un momento? —preguntó Luis, angustiado.

Dijeron que no, que tampoco podíamos verlo, pero le di una propina a alguien y nos condujeron al depósito. Su padre estaba en el cajón de un gran archivador metálico que el celador abrió y volvió a cerrar delante de nuestras narices. No he logrado olvidar aquella escena que quiere parecerse a las de las películas americanas de asesinos múltiples, pero que en el fondo tiene más que ver con las del neorrealismo italiano. Cuando abandonamos el hospital, Luis me dijo que lo que más recordaba de su padre era las veces que no le había tocado.

—No me tocaba nunca.

—¿De pequeño tampoco? —pregunté.

—Tampoco, de pequeño tampoco.

Estaba obsesionado con la idea de que su padre le había tocado poco y estuvimos horas dando vueltas por las calles rumiando esta obsesión. Al llegar a casa puse en mi diario esta nota: «El padre de Luis le tocó poco.»

También han muerto las madres de algunos de mis amigos, pero tengo la impresión de que la muerte de la madre es menos problemática, incluso en los casos en los que resulta más traumática. Desde mi experiencia, las relaciones de los hijos con las madres son menos ambivalentes, más claras. Hay tristeza, dolor, lágrimas, incluso culpa, pero carecen de la complejidad que proporciona el fallecimiento de los padres. Quizá hemos sido rivales de los padres, tal vez continuamos siéndolo aun después de su muerte. Está muy claro lo que la madre espera del hijo, pero cómo saber lo que espera un padre.

El otro día se murió el padre de Gerardo, un compañero de la Facultad. Me llamó para que me encargara de poner la esquela en el periódico. Le dije que no se preocupara, aunque no sabía cómo se pone una esquela.

—¿Cómo ha sido? —pregunté.

—No sé, yo creo que no quería vivir desde que murió mi madre.

La madre de Gerardo falleció hace un año. Hay muchos hombres que no son capaces de sobrevivir a sus mujeres. Lo normal es que muera el hombre antes; de hecho, hay más viudas que viudos, del mismo modo que en mi cuaderno hay más páginas dedicadas a los hombres que a las mujeres. Me pregunto qué escribiré el día que falte mi padre, en el caso de que no haya faltado ya.

LA PUERTA

Un día, en un solar situado donde hoy se encuentra el Parque de las Avenidas, encontré abandonada una puerta de madera en tan buen estado que daba pena dejarla allí, incluso aunque uno no tuviera nada que cerrar. La arrastré penosamente hasta casa, donde mi padre la examinó con detenimiento.

—¿Seguro que no la has robado, hijo?

—No, estaba tirada, de verdad.

Desde nuestra perspectiva, desprenderse de una puerta era como borrar una habitación, y todavía faltaban muchos años para que se pusieran de moda los espacios abiertos. En cualquier caso, no teniendo donde encajarla, quedó apoyada en una pared del cuarto de estar y allí permaneció durante muchos días como una especie de tótem al que rendíamos un culto extraño, pues al pasar junto a ella accionábamos su picaporte con la esperanza de que se abriera a algún lugar desconocido.

Por las noches, me dormía imaginando su anterior destino y de este modo entraba en espacios fantásticos situados en las casas del centro de la ciudad. Durante aquella época, recorrí todas las viviendas importantes de Madrid a través de aquella puerta. No tenía más que abrirla imaginariamente para penetrar en los salones de los notarios, de los generales o de los ingenieros de caminos. Todos llevaban unas vidas regaladas y tenían unas hijas preciosas cuyo amigo invisible era yo.

Pero en los ejercicios espirituales del colegio nos hablaban mucho de la puerta del porvenir y a veces, pensando que se trataba de la misma que había encontrado yo, viajaba también a través de ella al futuro, donde no siempre, pero con frecuencia, era un condenado a muerte americano. No es que en España no se ajusticiara, al contrario, pero se hacía con garrote vil, en plan bricolaje, lo que carecía del prestigio de la silla eléctrica o la cámara de gas. Los presos americanos, por otra parte, siempre escribían sus memorias antes de pasar a mejor vida, y a mí, que quería ser escritor, me parecía el modo más rápido de alcanzar la fama. Desde el recuerdo, siempre me ha parecido prodigiosa aquella capacidad para viajar entre dos nacionalidades tan distintas, incluso sin saber inglés, pero fue así. Sin duda, la más importante de mis biografías imaginarias es ésta de condenado a muerte estadounidense. No sabría decir si me llegaron a ajusticiar, pues en un momento dado empecé a coquetear con otras nacionalidades y hace muchos años que no me visito en esa versión escatológica. Me da miedo: a lo mejor en lugar de ir a verme a la cárcel, tendría que ir a ponerme flores al cementerio.

Finalmente, mi madre comenzó a despotricar de la puerta, que siempre estaba en medio, y mi padre decidió colocarla al fondo del pasillo, donde le hizo un marco de madera en el que encajaba con tal precisión que parecía que la vivienda se prolongaba más allá. De hecho, la abríamos todo el rato con la ilusión de encontrar al otro lado un dormitorio u otro pasillo y siempre nos sorprendía tropezarnos con la pared, aunque en el fondo (incluso en el fondo del pasillo) era lo más razonable. Yo, a veces, jugaba a abrirla con los ojos cerrados, con la idea de que al no ver sería más fácil pasar de una dimensión a otra. Y aunque siempre me estampaba contra el muro, como es natural, volvía a repetir la operación corriendo riesgos físicos evidentes.

Harto de que su hijo tuviera estos choques tan violentos con la realidad, mi padre decidió ponerle una buena cerradura y darle dos vueltas a la llave. La cosa fue peor, porque a partir de entonces me pasaba el día mirando por el ojo de la cerradura y veía de todo, especialmente mujeres en trance de desnudarse o de vestirse para irse a la cama o salir de ella. También eran americanas, desde luego, como yo mismo. Las españolas en aquella época se acostaban vestidas. A mis padres les preocupaba mucho aquella afición mía. Pensaban que veía cosas inexistentes y tenían miedo de que perdiera la razón. Hace poco fui a comer con ellos y observé que habían tapado el ojo de la cerradura con un papel. Pregunté por qué y me dijeron que había unas vecinas americanas que no hacían más que espiarles. Si algo malo puede suceder, sucede.

UNA METAMORFOSIS COMPLETA

Me telefoneó muy alarmado el único hermano vivo de mi padre para decirme que su mujer se estaba convirtiendo en un hombre. Sus llamadas, desde que lo jubilaron anticipadamente de una metalúrgica en reconversión, siempre eran para inquietarle a uno. Al pasar tanto tiempo en casa, estaba descubriendo dimensiones de la realidad doméstica de cuya existencia no había llegado a sospechar mientras permanecía laboralmente activo. Observaba las cosas más insignificantes como si tratara de encontrar en ellas una información secreta. Un día le vi mirar un tomate partido con tal atención que parecía haber penetrado en su código genético. Quizá lo hizo, porque luego no probó la ensalada.

Mi tía se estaba convirtiendo en un hombre, eso fue lo que me dijo.

—¿Se lo has contado a tu hija? —pregunté.

—¿Cómo voy a decirle a Mercedes que su madre es un hombre? —respondió, con el sentido común, al parecer, intacto.

Mi prima Mercedes estaba casada desde hacía algún tiempo y vivía en la periferia, pero los domingos se desplazaba con su marido hasta el centro para comer con sus padres, que ocupaban una casa de renta antigua en Reina Victoria, muy cerca de Cuatro Caminos. A mí siempre me había gustado Mercedes, y aunque jamás me había atrevido a proponerle nada, era raro el día de mi existencia que no le dedicaba un recuerdo.

Al día siguiente fui a comer a casa de mis tíos, tal como había quedado por teléfono. Mi tía estaba en la cocina y me acerqué a darle un beso con cierta aprensión, influido por el proceso de metamorfosis del que me había hablado mi tío. No le noté nada extraño. Si acaso, un poco de bigote que ya le había visto en otras ocasiones, no siempre. Seguramente se lo depilaba. Mi tío me llevó luego al cuarto de estar.

—¿Has notado algo? —preguntó excitado.

—Pues la verdad, no.

Me pareció que mi respuesta le producía algo de desaliento y de lástima. Le daba pena que su sobrino preferido no fuera capaz de ver lo que era evidente. Entonces me contó que a él, al principio, también le había costado darse cuenta.

—Tenía una sospecha, pero no sabía de qué —añadió—, hasta que hace poco estábamos viendo la televisión y ella se quedó dormida. Entonces, me volví para hacer un comentario y vi con horror que tenía un hombre a mi lado.

—¿En qué sentido?

—¿Cómo que en qué sentido? En todos los sentidos, desde luego. Estaba tan perplejo contemplando la transformación, que cuando advertí que se había despertado, ella ya llevaba un rato observando mi espanto tras una rendija abierta entre los párpados. «Se ha dado cuenta», me dije, «se ha dado cuenta de que me he dado cuenta».

Y en efecto, a partir de ese día comenzó a disimular. Se arregla más que antes, no sé si te has fijado.

Es cierto que mi tía estaba un poco maquillada, lo que constituía una rareza. Luego, durante la comida, la observé con más detenimiento y ya no sé si fue por sugestión o qué, pero me pareció un hombre. Una metamorfosis completa, un espectáculo. Le pedí a mi tío que tuviera paciencia con ella («vete a saber en lo que te has convertido tú», argumenté) y me despedí de ellos sobrecogido por esta nueva ocasión para el pánico que me ofrecía gratuitamente la vida.

A los pocos días, coincidí con Mercedes, mi prima, en una cafetería cercana a mi despacho y tomamos juntos un café.

—¿Has visto a mis padres últimamente? —preguntó.

—Comí con ellos el otro día —dije.

—¿Y no has notado a papá un poco raro?

—¿A tu padre? ¿En qué sentido?

Ella hizo un gesto de déjalo, como queriendo decir que si no me había dado cuenta era inútil que intentara explicármelo. Entonces vi que se parecía mucho a mi tía cuando era joven y sentí una congoja tremenda al conjeturar que con los años también ella podría convertirse en otro hombre. Aun así, pensé, continuaré queriéndola, a menos, claro, que yo no me haya transformado en el ser incomprensible que en cierto modo ya soy. Cabía en lo posible, en fin, que dejara de quererla, lo que en cierto modo me pareció un alivio, como esos días en los que te levantas, te duchas, te afeitas, sales a la calle, llegas al trabajo y agradeces al cielo la seguridad de que tarde o temprano te tienes que morir.

EL HOMBRE QUE ESCUPE

Un día, al volver del colegio, muy cerca ya de casa, vi caminando delante de mí a un hombre cuya presencia me turbó porque no lo reconocí inmediatamente, aunque era mi padre. Durante esas décimas de segundo en las que supe que aquella espalda era y no era al mismo tiempo de él, sentí miedo de aquel sujeto, y quizá algo más que miedo, ya que un instante después de que le hubiera reconocido, volvió un poco la cabeza y escupió en el suelo.

Mi padre no era de la clase de personas que escupen, de modo que la revelación cambió mi vida. Tanto, que me oculté detrás de un coche y esperé un rato antes de entrar en casa para que él no pensara que podía haberle visto. Luego, subí las escaleras, llamé al timbre y abrió la puerta mi madre. Papá estaba en la cocina, tomándose un café. Le había sucedido en el trabajo algo que no entendí y por eso había vuelto a casa a una hora desacostumbrada. Tras besarle con cierta aprensión estuve observándole en secreto y me di cuenta de que ya no era mi padre, sino un hombre. La transformación era tremenda, como cuando un animal muere y se convierte de súbito en un bulto. Una vez, en la calle Canillas, vi un caballo muerto, el del carbonero, y comprendí que morirse consistía en adquirir la condición de bulto. Mi padre se había convertido en un hombre, que era una condición parecida a la del bulto. Era mortal, pues, en más de un sentido. De hecho, había escupido en la calle, lo que para nuestra educación no estaba demasiado lejos de la muerte.

Y mi madre, que de repente ya no era la esposa de mi padre, sino de un hombre a secas, se había transformado en una mujer. Una mujer alta, habría dicho si la policía me hubiera preguntado, con el pelo oscuro y tacones de aguja. ¿Qué era yo entonces una vez que mis padres se habían convertido en un hombre y en una mujer respectivamente? ¿Quizá un proyecto de bulto? El recuerdo del caballo tumbado en medio de la calle me obsesionaba como si en él estuviera escrito mi destino. El carbonero, antes de que alguien le hiciera ver que estaba muerto, le había golpeado cruelmente para que se levantara. Pero sólo daba golpes a un bulto.

Pasados unos días, pregunté a mi padre si se podía escupir en medio de la calle y respondió que no, naturalmente.

—Es de pésima educación, hijo.

—Es que mi profesor de Lengua escupe —mentí.

—Tendrá faringitis —respondió mi padre.

Yo ignoraba qué era la faringitis y no me pareció conveniente preguntarlo porque sí sabía que las desgracias nunca vienen solas. En cualquier caso, mi padre, además de ser un hombre, un bulto, tenía faringitis. Por esos días nos mandaron hacer en el colegio una redacción cuyo tema era la familia. Yo escribí que mi padre tenía faringitis, por lo que el médico le había mandado escupir en la calle. Puse faringitis con jota y el profesor subrayó la palabra en rojo, para señalar la falta. Tengo grabada en la cabeza la palabra con la falta de ortografía destacada de aquel modo. Ahora procuro escribirlo bien, pero me gusta más farinjitis que faringitis. La ge añadía un punto de grosería a la enfermedad, y al escupitajo.

Durante los meses siguientes me hice mayor. Cuando me cruzaba en el pasillo con mi padre o con mi madre, sabía que en realidad eran un hombre y una mujer. Creo que ellos no se dieron cuenta de que yo me había convertido en un huérfano. La vida para un huérfano es muy dura. Llegas a casa y no tienes a quién contarle tus problemas, tus miedos, tus tristezas. Miras alrededor y ves a una mujer escuchando la radio o viendo la televisión, pero es una mujer con calidad de bulto. Y luego suena el ascensor y al poco aparece un hombre que besa a la mujer, te besa a ti, y se pone a escuchar la radio o a ver la televisión con esa apariencia de las cosas inertes característica de los caballos muertos en medio de la calle.

Hace poco, volvía a casa a una hora desusada, porque me había encontrado mal en la oficina, y antes de entrar escupí sobre la acera. Entonces, presa de una intuición terrible, me volví y vi a mi hijo, que regresaba del colegio, detrás de mí, haciendo como que no me había visto. Luego nos observamos con disimulo y noté que yo, su padre, me había convertido de repente en un hombre para él, quizá en un bulto. Al día siguiente vino el médico y dijo que tenía una faringitis de caballo (de caballo muerto, pensé yo), y esa noche lloré amargamente por mi hijo, tan huérfano.

TENGO PODERES

Un día de junio, durante la comida, mi padre dijo muy serio:

—Tomad nota de esto que os digo: hoy no nevará.

Era imposible que nevara. El calor había caído sobre Madrid como una manta y ya estaban las piscinas abiertas. Tenía tan pocas posibilidades de fallar como de que nos tocara el Gordo de Navidad. Mi padre se había labrado un prestigio en la familia haciendo este tipo de predicciones negativas. Nunca decía lo que iba a pasar, sino lo que no iba a pasar.

—¿Por qué lo sabes? —preguntaba mi hermano pequeño.

—Porque tengo poderes —respondía él.

Un día colocamos en el patio de la casa una canasta de baloncesto. Mi hermano y yo estábamos jugando a encestar. Le había apostado que era capaz de meter siete tiros de diez, pero sólo conseguí introducir cinco. Entonces apareció mi padre y preguntó muy serio:

—¿Qué apostáis a que soy capaz de no meter ninguna canasta de diez tiros?

Mi hermano entró en el juego y se apostaron el postre. Mi padre hizo diez tiros y, en efecto, no metió ninguno. Mi hermano estaba asombrado.

—Y eso que hace años que no entreno —dijo con superioridad.

—Pero lo difícil es meterlas —dije yo indignado.

—Para mí, lo difícil es no meterlas, hijo —respondió con gesto paternal, y se retiró al interior de la casa. Mi hermano estaba como alelado. Era irritante la admiración que sentía por él.

—¿Pero no comprendes que te engaña? —decía yo.

—No —respondía él.

Una vez mi padre me vio hacer flexiones.

—¿A que no eres capaz de hacer cien? —me retó.

—A que sí —dije yo, y empecé: una, dos, tres, cuatro... En la noventa y cinco me derrumbé ante la mirada atónita de mi hermano, que creía a pies juntillas en los «poderes» de mi padre.

Entonces, para rematar la faena, aseguró que él no era capaz de hacer ni tres.

—¿Cómo no vas a ser capaz de hacer tres? —dijo mi hermano.

—Ni siquiera dos —añadió él—. ¿Qué te apuestas?

—Lo que quieras.

Mi padre se tiró al suelo, hizo una flexión y se derrumbó.

—¿Lo ves? —dijo—. Tengo poderes.

Yo odiaba el gesto de superioridad con el que realizaba aquellas predicciones absurdas. A veces pensé en jugar en su terreno y decirle que mis poderes me aseguraban que iba a suspender las matemáticas. Pero no hacía falta tener poderes para adivinar eso. No las había aprobado jamás. Además, yo quería tener poderes de verdad, para humillarle delante de toda la familia. En cualquier caso, como era incapaz de quedarme callado ante sus provocaciones, el día este de la nieve respondí:

—Tomad nota de lo que os digo yo: entre hoy y mañana nevará en Madrid.

Mi madre se echó a reír. Y mi padre también. Y mi hermano. Se trataba de una previsión disparatada.

Esa noche no pegué ojo. Recé a todas las potencias. Prometí a Dios que si nevaba iría a misa todos los días el resto de mi vida, y al diablo que le entregaría el alma. Cada quince minutos me despertaba y me asomaba a la ventana. A eso de las cinco caí agotado sobre las sábanas y me quedé dormido. Me desperté tiritando, pues no me había tapado. Abrí los ojos, miré hacia la ventana y vi que tenía color de invierno. Vi también que caían unos copos de nieve como jamás antes se habían visto en Madrid. Creí que estaba soñando, pero me pellizqué en el brazo, como los personajes de los tebeos, y me dolió. Luego desperté a mi hermano, que dormía en la cama de al lado, y le mostré el panorama.

En junio del 65 o del 66 cayó una nevada sobre Madrid de todo punto excepcional: pero yo tuve la suerte de apostar por ella y gané. Me convertí en el padre de mi hermano, que me preguntó con admiración cómo había adivinado que nevaría.

—Tengo poderes —dije.

Mi padre me rehuyó durante todo el día y luego comenzó a declinar, a hacerse viejo. Yo, al contrario de lo que solía hacer él, no estuve alardeando dos semanas de mi éxito, pero noté que mi discreción era más eficaz que su imprudencia. Nunca supe si le debía el favor a Dios o al diablo, pues a los dos se lo había pedido con idéntico fervor. Llevo toda la vida esperando que uno u otro me pase la factura.

EL OLOR DE LA GASOLINA

De pequeño, había oído hablar muchas veces de la Sierra de Madrid. Algunos de mis compañeros la conocían, y la gente con dinero presumía de tener una casa en Cercedilla. Yo guardaba frente a estos comentarios la perplejidad muda de los niños cuando no entienden una cosa. Una sierra era una herramienta de trabajo. En casa había dos, una para la madera y otra para el hierro. Aprendí a serrar pronto, pues en aquella época hacíamos mucho bricolaje, aunque entonces no se llamaba así. No se llamaba de ningún modo. Si había que arreglar una puerta, cogías la sierra, cortabas por lo sano y punto.

Un día mi padre se compró una Vespa. Yo no tardé en descubrirle el tapón del depósito de la gasolina, que se encontraba debajo del asiento. Se parecía a los tapones de las botellas de gaseosa, sólo que al abrirlo salía un olor que a mí me volvía loco. Entonces no sabía que tenía propiedades estupefacientes. Todavía no estoy seguro. En cualquier caso, conmigo operaba de ese modo. En el verano, después de comer, cuando mis padres se echaban la siesta, yo salía al patio donde estaba aparcada la Vespa y asomaba las narices al depósito. Podía estar horas absorbiendo aquellos efluvios que ponían mi imaginación a cien. No era raro que bajo sus efectos imaginara que teníamos una casa en la Sierra en lugar de dos sierras en casa.

Por alguna razón que ahora no recuerdo, un día nos quedamos solos mi padre y yo. Debía de ser julio o agosto. Yo acababa de darme una dosis de gasolina y estaba en el sofá, con los ojos cerrados, presa de una ensoñación. Entonces apareció mi padre y dijo:

—Nos vamos a la sierra.

—¿Qué?

—Que nos vamos a la sierra tú y yo ahora mismo, a pasar la tarde.

Dicho y hecho. Nos montamos en la moto y después de una hora o así el paisaje dio un brusco cambio y se convirtió en un decorado. Mi padre me paseó por aquel escenario gigantesco, donde había una roca terrible y lejana, llamada La Mujer Muerta, y me invitó a una Coca-Cola, que en España acababa de ponerse a la venta. Luego, cuando empezó a atardecer, iniciamos el regreso. En esto, mi padre detuvo la moto en la cuneta y me pidió que me fijara en la luz.

—Fíjate en esta luz. Ahora mismo no es de día ni de noche. Éste es el momento de mayor incertidumbre del día. Puede pasar cualquier cosa.

Nos quedamos quietos, en silencio, conteniendo la respiración, pero no ocurrió nada. El sol cayó unos metros más y el atardecer se convirtió en noche pura y dura.

—Ya ha pasado el peligro —dijo mi padre—. Vamos.

Dio una patada al pedal de arranque, rugió el motor de la Vespa y cuando ya estábamos a punto de montarnos, añadió:

—Dentro de muchos años, cuando tú seas una persona mayor y yo ya no esté entre vosotros, tendrás tu propio coche y pasarás por este paisaje más de una vez. Es posible que en alguna ocasión pases a esta misma hora y recuerdes este día en el que tú y yo vinimos juntos a la Sierra. Si es así, detén el automóvil un instante y permanece atento a lo que sucede en el aire: si ves pasar un pájaro negro, ese pájaro negro seré yo.

Me quedé impresionado con el suceso, que en mi memoria permanece asociado a las fantasías provocadas por el olor de la gasolina. Mi padre había dicho: «Éste es el momento de mayor incertidumbre del día.» No sé si fue la primera vez que oí esta palabra, incertidumbre, pero fue la primera vez que me estremeció. Su sabor es idéntico al de esa hora en la que la tarde no es carne ni pescado y puede sucederte cualquier cosa.

Olvidé la historia. Pero hace poco regresaba del norte de España en coche y pasé por la Sierra justo en el momento en el que la tarde parecía dudar entre resistir o entregarse a las fuerzas de la noche. Podía, en efecto, suceder cualquier cosa. Detuve el automóvil en el arcén y salí a la carretera con los pelos de punta. Había un silencio que debía de ser el silencio que precedió a los segundos anteriores a la Creación. Entonces, algo se movió a mi izquierda y de repente un pájaro negro atravesó la carretera y se perdió en la oscuridad, que parecía avanzar desde el horizonte. Entré en el coche y lloré como no había llorado cuando murió mi padre.

LA VIDA

UNA VOCACIÓN DE CLASE MEDIA

Vicente Holgado escribía novelas populares que nadie mostraba interés en publicar, por lo que vivía de la caridad del hermano de su mujer, un paralítico de mal carácter al que el matrimonio había acogido en casa para beneficiarse de su pensión de invalidez. Vicente perseguía un éxito que le permitiera desprenderse de su cuñado e instalarse como un verdadero escritor en la habitación ocupada por él, la mejor de la casa. Pero los editores le devolvían sus originales, pese a que hacía en ellos innumerables concesiones de orden comercial que por alguna razón insólita no rendían el fruto apetecido. Y no es que careciera de ambiciones literarias, sino que había dispuesto aplazar la escritura de su obra maestra a la conquista de una situación económica menos agobiante.

Entre tanto, trabajaba en un rincón de la cocina, asediado por el olor de las verduras y por el zumbido eléctrico de la silla de ruedas del inválido irascible en sus desplazamientos de un extremo a otro de la vivienda. Su mujer tampoco realizaba ninguna actividad productiva, pues al poco de que hubiera caído sobre ellos el maná de la pensión fraterna, se había hecho adicta a los documentales sobre la naturaleza y vivía entregada a la salvación de la tortuga laúd del Pacífico, sobre la que había reunido en poco tiempo una documentación extraordinaria.

Un día, el cuñado de Vicente estrenó una silla de ruedas con las llantas de aleación y durante la cena hizo algunas demostraciones de su operatividad bajo la mirada rencorosa del matrimonio. Con la mitad de lo que costaba aquel artefacto, Vicente habría escrito durante un año sin agobios y ella habría podido fundar una ONG para la defensa de la tortuga laúd del Pacífico. Tras el postre, los hermanos se fueron juntos a ver la televisión y Vicente permaneció solo en la cocina, intercambiando unas palabras con su amigo invisible, la única relación personal que había logrado conservar desde el colegio.

—¿Te das cuenta? —dijo—. Unos tanto y otros tan poco.

—¿Has dicho tampoco o tan poco? —respondió el amigo invisible.

—¡He dicho *tan poco, tan poco*!

—Perdona, creí que tratabas de hacer un juego de palabras. Tu cuñado, a fin de cuentas, está condenado a vivir en una silla de ruedas. ¿Te gustaría ser paralítico?

—Pues mira, ya que lo dices, sí. Fíjate en Cervantes.

—Cervantes era manco, y no cobraba ninguna pensión de invalidez. A veces pienso que no quieres escribir una obra maestra, sino obtener un seguro de vida. Un verdadero escritor no debería anteponer las comodidades materiales a la realización de su destino.

—Sigue, sigue. Estoy hoy como para que me lleven la contraria.

El amigo invisible de Vicente Holgado era crítico literario y no aprobaba el modo en que éste condicionaba la realización de su obra a la salud financiera. Peor aún: desde hacía algún tiempo venía insinuando que las penurias económicas constituían en realidad una excelente coartada para no reconocer su falta de talento.

—En el fondo es bueno poder culpar a la situación externa de las carencias propias —añadió.

Vicente se mordió la lengua para no responderle como se merecía. Luego, con gesto cansado, sacó de la nevera un taco de cuartillas, tomó un bolígrafo del cajón de los cubiertos e intentó concentrarse en la escritura de un *best seller*. Pero no pudo: la actitud del crítico le había provocado una oleada de rencor. Y de envidia: después de todo, por lo que él sabía, su amigo había triunfado como crítico invisible, mientras que él fracasaba visiblemente como escritor cada uno de los días de su existencia.

—¡También es mala suerte que te hayas hecho crítico, con la de cosas que se pueden ser en la vida! —exclamó al cabo abandonando con furia el bolígrafo sobre la mesa.

—¿Has dicho tan bien o también?

—¡He dicho *también, también*!

—Es que, puestos en ese plan, yo podría molestarme por la coincidencia de que tú seas escritor.

—Pero tú te hiciste crítico al poco de que yo me hiciera novelista, para perseguirme. Reconoce que te has pasado la vida compitiendo conmigo.

—No te quejes. A pesar de que no has publicado

nada, siempre he escrito excelentes críticas sobre tus libros. Tú mismo las has leído.

—¿Y para qué me sirven tus críticas invisibles en periódicos invisibles que sólo llegan a lectores invisibles? Además, no es cierto que me hayas tratado bien: me has perdonado la vida, que no es lo mismo. Nunca hemos hablado de ello, pero, ya que has puesto el asunto sobre la mesa, te diré que hubiera preferido el insulto o la injuria a ese tono indulgente con el que te refieres a mi obra.

—Hago lo que puedo.

—A veces pienso que estoy rodeado de locos: mi cuñado y su pasión por las sillas de ruedas; tú, con tus escrúpulos morales permanentes, que más que un crítico pareces una monja; y mi mujer obsesionada con salvar a las tortugas laúd del Pacífico.

—Tu mujer es más honesta que tú.

—¡Pero si la pobre no sabe dónde está el Pacífico y no ha visto jamás una tortuga, ni siquiera un laúd! En este piso lo único que hay son cucarachas, ya lo ves, y las elimina ella misma con un insecticida químico que produce unos dolores espantosos. Ayer mismo tuve que rematar a una que agonizaba penosamente detrás del bidé con los pulmones arrasados por esa especie de napalm con el que las rocía.

—No seas sofista. Las cucarachas no tienen pulmones.

—Pues lo que tengan. No comprendo por qué te parece más decente la defensa de la tortuga laúd del Pacífico, a la que sólo conocemos por la televisión, que la de la cucaracha común, que al fin y al cabo forma parte del ecosistema familiar y desprende al cambiar de piel, según los japoneses, una sustancia anticancerígena...

—Desde luego, resulta más fácil luchar por lo que ya se conoce, que es, en definitiva, lo que haces tú al repetir el mismo cliché una y otra vez en tus novelas baratas. Lo arriesgado es jugarse la vida por lo que se ignora o, en otras palabras, aventurarse a escribir novelas que todavía no se han escrito. El día que pongas en la literatura la misma cantidad de riesgo y ambición que tu mujer en la ecología, empezaré a pensar que todavía tienes posibilidades literarias, aunque intentes escribir una tortuga laúd y te salga un galápago.

Vicente torció el gesto dando por concluida la conversación. Luego tomó el bolígrafo de nuevo y se puso a escribir el abecedario con gesto concentrado, para aparentar tensión literaria. Tras llenar siete páginas con este recurso, empezó a calmarse y trató de imaginar cómo sería una novela en forma de tortuga laúd. El argumento tendría que salir arrugado, o quizá dispuesto en escamas, de una especie de caparazón gigantesco. Eso era, desde luego, en términos literarios, una novedad. La trama, pues, estaría dentro y constituiría la zona blanda de la novela, mientras que la forma estaría representada por la concha. En caso de que la novela falleciera («Dios no lo permita», se dijo), y el argumento desapareciera por la descomposición inherente a la carne, perduraría el esqueleto externo como testimonio formal de aquella obra maestra. Al recordar que con las conchas de las tortugas se hacían peines y broches para el pelo, le dio un poco de aprensión la idea de que su libro pudiera alcanzar la posteridad convertido en un objeto de perfumería, pero en seguida advirtió que la ocurrencia tenía también un costado gracioso, así que tomó nota de ella, para desarrollarla al día siguiente, y pensó que por esa noche había dedicado bastante tiempo a la inmortalidad. La televisión había dejado de oírse hacía un rato, así que su cuñado y su mujer ya estarían durmiendo.

Se levantó, guardó las cuartillas en la nevera y el bolígrafo en el cajón de los cubiertos y se dirigió al dormitorio con un sentimiento de bienestar estimulante. El proyecto de escribir una novela siguiendo las pautas formales y temáticas de un quelonio en peligro de extinción le pareció completamente revolucionario. En el futuro se diría que Vicente Holgado había tomado como modelo literario la tortuga laúd del Pacífico del mismo modo que Joyce se inspiró en Homero para escribir su *Ulises.* «La innovación de Holgado», imaginaba ya escrito en las enciclopedias del futuro, «radica en que construyó una novela con uña, por decirlo así, de manera que esta capa córnea funcionará eternamente a modo de vaciado o molde de la zona carnal del relato, corruptible por su propia naturaleza».

Su mujer dormía; de no ser así, la habría despertado (qué tontería, se corrigió a sí mismo) para contarle que tenía entre las manos un proyecto importante, cuya gloria estaba dispuesto a compartir con ella si le facilitaba cierta documentación sobre los quelonios acuáticos del gran océano. Ya era capaz de ver la portadilla: «A mi mujer, sin cuyos conocimientos sobre la tortuga laúd del Pacífico esta novela no habría visto la luz.» Quizá se trataba de una dedicatoria excesiva: podría deducirse que parte del mérito literario no era suyo. Además en seguida pensó que, aun proponiéndole un intercambio tan generoso, ella le echaría en cara una vez más que tuvieran que vivir del dinero de su hermano paralítico, como siempre que había intentado hacerla partícipe de un proyecto de vanguardia. Su locura por los animales extraños no había conseguido anular un temperamento utilitario que sacaba a relucir en este tipo de discusiones artísticas. Casi mejor no contarle nada.

Se acostó mirando al techo y el recuerdo de las dificultades económicas le puso otra vez de mal humor al comprender que tendría que posponer la escritura de esa novela a la consecución de una estabilidad cuyo horizonte se presentaba más lejos cada día. Entonces, sin poner nada de su parte, como si se tratara de un pensamiento de otra cabeza que aparecía equivocadamente en la suya, empezó a planear la muerte de su hermano político. Podría acabarse con él, calculó fríamente, introduciendo en sus comidas una porción diaria del producto químico empleado por su mujer para exterminar a las cucarachas. En el estado en que se encontraba el pobre, con crisis respiratorias y cardiacas frecuentes, su médico firmaría el certificado de defunción sin recurrir a la autopsia. ¿Cuánto tardaría en morir? ¿Cuatro, cinco meses? No importaba: podía esperar un año o un año y medio. Lo importante era proceder despacio para no levantar sospechas.

Su cuñado tenía, además de la pensión de invalidez, unos ahorros de cuantía indeterminada y un piso adquirido con la indemnización del accidente laboral que le había reducido a la silla de ruedas. Entre unas cosas y otras, una vez muerto, calculó, podrían él y su mujer vivir sin agobios el tiempo necesario para afianzarse en el difícil mundo de las letras. Y en el de las tortugas.

Se durmió con estos planes consoladores y por la mañana, nada más despertar, fue a encerrarse en el cuarto de baño para contárselos a su amigo invisible.

Éste no puso muy buena cara, lo que irritó sobremanera a Vicente. De niños, siempre habían sido cómplices en la realización de toda clase de desatinos, pero luego, a medida que crecían, el invisible fue llenándose de escrúpulos de orden moral que alcanzaron el paroxismo cuando devino crítico literario. Para Vicente habría sido inapreciable sentirse apoyado emocionalmente en una aventura criminal de tanto riesgo. Después de todo, al crítico invisible tampoco le caía bien el hermano de su mujer y muchas veces habían censurado juntos su mezquindad y mal carácter.

—Pero si es un parásito —se justificó—. ¿A quién le va a importar que desaparezca? Fíjate en qué condiciones trabajo. Necesito su habitación y un poco de efectivo para ponerme a escribir en serio. Precisamente, tengo una idea sobre un relato formalmente dispuesto en escamas, en el que el argumento saldría del interior de una concha de carey, igual que las cabezas de las tortugas laúd del Pacífico.

—Se trata de un ser vivo. Es una inmoralidad que trates de cimentar tu fama literaria sobre un crimen.

—¿Y qué tiene que ver la literatura con la moral?

—El precio de ignorarlo son esas noveluchas baratas con las que me torturas y que ninguna editorial acepta publicar.

A Vicente le pareció injusta la actitud de su amigo invisible e incorporándose con violencia del retrete le miró a los ojos echándole en cara su falta de solidaridad:

—¡Siempre que me has necesitado, me has tenido junto a ti! ¡Y mi amistad no te ha traído hasta ahora ninguna complicación! ¡En cambio, a mí me llevaron de pequeño por tu culpa al psicólogo!

—¡Por la tuya! Te advertí mil veces que debías hablar conmigo en voz baja. Además, a la tercera sesión le diste la razón al psicólogo, a tus profesores y a tus padres. Dijiste que yo no existía, que no existía y que no existía, me acuerdo muy bien, no he podido olvidarlo. ¿Crees que no me dolió que me negaras tres veces de ese modo? ¡Judas, que eso es lo que eres, un Judas!

—¿Y qué querías que hiciera? ¡Estaban todo el día detrás de mí y habrían acabado internándome si no les hubiera dado la razón!

—Lo cierto es que desde entonces no te has atrevido a comentar con nadie mi existencia, ni siquiera con tu mujer cuando erais novios y la hacías partícipe de todos tus secretos.

—¿Pero tú quieres que piensen que estoy loco o qué?

—Eso es lo que te mata: el qué dirán. Te lo voy a decir en cinco palabras: eres un burgués de mierda. ¡No sé ni cómo he confiado en que llegaras a escribir algo mínimamente digno con esa vocación tan arraigada de clase media!

—Pues a ti se te llena la boca de dignidad, pero estoy al tanto de que asesoras a tres o cuatro editoriales invisibles y que no tienes ningún empacho en hacer buenas críticas de los libros que editan. Y me he enterado también de que, cuando nombraron a tu padre Director General del Libro Invisible, te beneficiaste de su posición dando conferencias invisibles en todos los centros culturales invisibles de tu dimensión. Así que aplícate un poco el cuento.

—Mira, Vicente, he hecho cuanto he podido desde que éramos niños por no tener en cuenta estos espectáculos de mezquindad con los que me obsequias cada día. Pero ya estoy harto y no voy a ocultarte lo que pienso ni medio minuto más: no sólo careces de talento, sino que eres también un miserable. Un miserable. Y quizá lo primero sea consecuencia de lo segundo, así que olvida la literatura y dedícate a otra cosa.

Su amigo invisible iba a añadir algo, pero no tuvo tiempo porque Vicente tomó la jabonera de cristal de roca del lavabo y se la incrustó con ira en la cabeza mientras profería maldiciones de todos los tamaños a voz en grito.

—¿Pasa algo, Vicente? —preguntó con voz preocupada su mujer al otro lado de la puerta.

Holgado se detuvo un momento jadeando y dijo que no, que intentaba cantar una canción que no conocía bien. Después observó el cuerpo invisible de su amigo muerto, en cuya frente se abría una brecha de la que manaba un caudal de sangre invisible que estaba poniéndolo todo perdido. Instintivamente, lavó la jabonera y pasó la toalla húmeda por el suelo. ¿Pero qué hacer con el cadáver? Desde luego, nadie lo vería, aunque lo abandonara allí, al pie del lavabo; nadie, excepto él, que tendría que asistir durante meses a la descomposición de sus partes blandas (¿serían los tejidos musculares el argumento de los huesos?). La idea le pareció insoportable, así que abrió el ventanuco del cuarto de baño, que daba a un estrecho patio interior, y arrojó el cadáver afuera, oyéndole golpearse invisiblemente contra el suelo justo en el momento en el que su cuñado aporreaba la puerta vociferando que llevaba media hora encerrado y que los demás también tenían necesidades.

—¡Te esperas! —gritó de mal humor. Y cerró la ventana amortiguando el ruido del pasador con la toalla envuelta en la mano.

Esa misma noche, después de un día de gran agitación, comenzaron los remordimientos. O quizá el miedo. En la dimensión invisible, ya habrían notado o estarían a punto de notar la ausencia de su amigo, aunque estaba soltero y no había, pues, ninguna esposa invisible que le echara en falta. Sin duda, tardarían en encontrar el cadáver, pero cuando dieran con él, comenzarían las investigaciones. Holgado no tenía ni idea del modo de proceder de la policía en esa dimensión, pero sólo pensar que un día, al levantarse, le estuvieran esperando en el pasillo dos inspectores invisibles, le ponía los pelos de punta. Pasó la peor noche de su vida, conjeturando que quizá entre las autoridades policiales de las esferas visibles e invisibles había acuerdos semejantes a los existentes entre la policía española y la francesa. Durante un rato intentó separar la culpa del miedo, para diferenciar el grosor de cada uno de estos sentimientos y combatirlos de forma específica, pero estaban trenzados de tal manera que no halló el modo de distinguir el uno del otro. Finalmente, cayó en un mortificante delirio de persecución que le mantuvo despierto el resto de la noche.

Al amanecer, con el pulso alterado y temblando a causa de la fiebre, fue al cuarto de baño, se asomó al ventanuco y observó al crítico literario invisible en la misma posición en la que había caído, con el cuello roto y los ojos abiertos en dirección al cielo, como si tratara de calcular la altura desde la que había sido arrojado. Un enjambre de moscas invisibles zumbaba a su alrededor posándose en las zonas del rostro donde la sangre permanecía coagulada. La comprobación de que el crimen no había sido una pesadilla multiplicó en unos segundos la fiebre, y los espasmos nerviosos. En ese instante, oyó a su mujer gritar, fuera de sí, algo acerca de su hermano, pero no fue capaz de escuchar lo que decía, atrapado como estaba en su propia desesperación. Tras cerrar la ventana para evitar que las emanaciones invisibles del cadáver penetraran en la casa, abandonó el cuarto de baño, se dirigió corriendo al teléfono y marcó el número de la policía.

—He cometido un crimen —declaró extenuado, proporcionando su nombre y dirección al agente que había atendido la llamada.

Después de colgar, y tras el primer golpe de alivio derivado de la confesión, reparó en la presencia de su mujer que le miraba con expresión de horror desde el otro extremo de la sala.

—¿Tú has matado a mi hermano? ¿Has sido tú, canalla?

Vicente pasó de una dimensión a otra con cara de espanto y comprendió confusamente que un argumento arrugado, oscuro, incontrolable, estaba emergiendo del caparazón de la realidad.

—¿Qué dices de tu hermano? Yo no le he tocado un pelo a tu hermano en mi vida.

Corrió a la habitación de su cuñado y, en efecto, estaba muerto sobre la cama, con la expresión de disgusto que en él era habitual y el rostro un poco verde. Intentó deshacer el malentendido, pero cuando había logrado que su mujer dejara de gritar y se sentara sobre el sofá para escucharle, llegó la policía y le detuvo.

—Que conste —se defendió débilmente mientras le ponían las esposas—, que mi muerto no es éste, sino el del patio interior.

Los policías se asomaron a la ventana del cuarto de baño y no vieron nada.

—Ahí abajo no hay nadie.

—Es que es invisible —argumentó todavía con cautela.

A partir de ese instante todo transcurrió a una velocidad de vértigo. El juez ordenó realizar la autopsia del cadáver, en cuyo pelo y uñas encontraron una cantidad anormal de arsénico procedente, según los expertos, de un insecticida de uso doméstico. Se dedujo que la intoxicación había sido lenta, para que no produjera los síntomas característicos de un envenenamiento, por lo que, de no mediar la autodenuncia y dado el historial clínico de la víctima, el crimen habría pasado inadvertido.

En su primer encuentro con el juez, Vicente insistió en responsabilizarse únicamente del crimen de su amigo invisible.

—Un crítico implacable —añadió—, que siempre dudaba de mi talento literario.

Así las cosas, el magistrado ordenó que fuera examinado por un equipo de psicólogos, lo que al abogado de oficio le pareció que abría una vía esperanzadora para la defensa.

—Lo que tienes que hacer —aconsejó a Vicente— es hablar todo el tiempo de tu amigo invisible insistiendo en su crueldad a la hora de juzgar tus escritos.

—No lo entiendo —respondió Holgado—, de pequeño me aseguraban que lo mejor para no tener problemas con las autoridades era negar su existencia y ahora tú me dices lo contrario. No sé qué hacer, la verdad.

—Tú hazme caso a mí y todo irá bien. Si conseguimos un certificado de locura, te encerrarán en el psiquiátrico, de donde se sale con más facilidad que de la cárcel. Y en menos tiempo.

—¿Pero por qué cuando era pequeño me perjudicaba aparentar que estaba loco y ahora, de mayor, me beneficia?

—Oye, si no te gusto como abogado, te buscas otro y en paz.

Vicente decidió obedecerle y mantuvo en la entrevista con los psicólogos la existencia del amigo invisible, pero lo hizo con poca convicción, recordando los beneficios que había obtenido en el colegio al negarlo. El resultado fue un informe en el que se decía más o menos que se trataba de una personalidad con tendencia a mentir, aunque consciente de sus actos, por lo que le cayeron veinte años y un día, que el abogado recurrió por rutina, aunque sin entusiasmo.

Ya con la sentencia firme, fue visitado en la prisión por su mujer, que le llevó los papeles del divorcio y le anunció que se iba a vivir al Pacífico para estar más cerca de las tortugas laúd. Vicente firmó con mansedumbre los documentos y le deseó lo mejor a su mujer y a las tortugas en general. Luego, al quedarse solo en el silencio de la celda y repasar con asombro las irregularidades de su vida, cayó en la cuenta por primera vez de que la envenenadora paulatina había sido ella («¡pero qué tonto soy!», se dijo con un poco de lástima). La coincidencia de la muerte del hermano con el asesinato de su amigo invisible no había hecho sino ayudarla a deshacerse al mismo tiempo de los dos.

Más que rencor, sintió admiración por su mujer, y por su tenacidad en la defensa de lo que había dado significado a su existencia, aunque se tratara de una tortuga en vez de una novela. En cuanto a su obra maestra, comprendió que sólo habría tenido sentido escribirla contra su amigo invisible, o quizá a favor de él. Una vez desaparecido para siempre, podía dimitir de esa responsabilidad. A lo mejor, en eso consistía estar curado. Lo malo era que el precio de la salud fueran veinte años y un día.

—Qué vida —dijo sin énfasis, aunque en voz alta, dando la vuelta sobre el jergón para conciliar el sueño de esa noche.

UN ALTO EN LA TERAPIA

Soñé que me comía unas bragas con cuchillo y tenedor. Venían precocinadas, dentro de un estuche de aluminio, y no había más que meterlas dos minutos en el microondas. Eran blancas, de celosía, y se deshacían en la lengua. Venían tres en cada paquete, una para cada comida del día, y poseían propiedades dietéticas adelgazantes. Eran bragas de parafarmacia, o de herboristería, por decirlo rápido. Le conté el sueño a mi psicoanalista, que en aquella época era un hombre delgado, y muy nervioso. Me preguntó que a quién creía yo que pertenecían esas bragas.

—Eran impersonales —dije—. Venían dentro de un estuche de aluminio.

—¿De verdad cree usted que eran impersonales?

—Yo al menos no las había visto nunca.

Él se calló, pero se trataba de un silencio con el que venía a decir que no me hiciera el ingenuo. Lo cierto es que no podía dejar de pensar en el sabor de las bragas. Creo que nunca había tenido un sueño tan intenso, ni en el que se combinaran los placeres del sexo con los de la comida de ese modo. Me pregunté si existiría una ropa interior de mujer comestible y al salir de la consulta pasé por una herboristería. No me atreví a preguntar por las bragas, pero miré todos los productos de la tienda, uno a uno, y puedo asegurar que no las había. Por la tarde telefoneé a una amiga con la que tengo mucha confianza. Le pregunté si las conocía, y me dijo que no. Por lo visto, había unas de papel, pero no eran comestibles.

Al día siguiente fui a la farmacia y pedí un paquete de kleenex y otro de bragas de papel.

—Es que estoy muy acatarrado —dije por decir algo.

Una vez en casa, abrí el paquete y, en efecto, eran bragas de papel, pero no tenían nada que ver con las de mi sueño, que parecían orgánicas sin dejar de ser sintéticas. Las de papel, si uno se empeñaba, se podían comer, pero daban sed porque tenían mucha celulosa. Me deshice de ellas y no volví a soñar con las otras, pese a la insistencia de mi psicoanalista.

—Si quiere saber más de esas bragas, tendrá que soñar usted mismo con ellas —le dije—. Yo raramente repito el mismo sueño.

Un día, ya muy avanzado mi análisis, conocí a una chica con la que acabé en la cama. Ella se quedó dormida en seguida y yo me levanté para ir al baño. Entonces vi sus bragas en el suelo, junto a la cama y, no se lo va usted a creer, le dije a mi psicoanalista, eran las del sueño. La chica dormía profundamente, de manera que me las llevé a la cocina, las puse sobre un plato y, sin calentar ni nada, me las comí con cuchillo y tenedor. Tenían una textura perfecta y aquel sabor a espuma que tanto me había cautivado en las del sueño.

—¿Se comió las bragas de verdad? —preguntó mi psicoanalista.

Le dije que sí, porque en el análisis nunca miento, creo que la mentira es una forma de resistencia, aunque me pareció que en su pregunta había un tono de censura, o quizá de envidia. Y además me sentaron muy bien. Después volví al dormitorio, me acosté junto a la chica y me quedé dormido. Cuando me desperté, la vi ir de un lado a otro en busca de sus bragas.

—Me las he comido —le dije.

—No importa —respondió ella—, te traeré más.

Lo cierto es que no la volví a ver. Lo único que tenía de ella era un teléfono que resultó ser falso. Mi psicoanalista insinuó si no habría soñado también aquel encuentro y lo cierto es que me hizo dudar, aunque lo real tiene una textura y un volumen muy difíciles de confundir con los del sueño.

—Pero usted vino aquí porque confundía las cosas —me dijo con malicia.

—Es verdad —admití—, pero en lo que respecta a las bragas siempre tuve los pies en la tierra.

—¿Recuerda las primeras bragas que vio en su vida? —preguntó.

—Las primeras bragas las soñé.

—Pero acaba de decirme que en lo que se refiere a las bragas siempre ha tenido los pies en la tierra.

—La tierra de las bragas son los sueños —argumenté yo.

Mi psicoanalista calló con un silencio rencoroso. Yo hice como que estaba constipado y me metí la mano en el bolsillo para sacar el pañuelo, pero en lugar de un kleenex saqué unas bragas. Mi psicoanalista se arrojó sobre mí, me las arrebató, y se las metió en la boca masticándolas con desesperación. El pobre creía que eran las del sueño, pero eran unas de papel que había guardado para engañarle. Sólo entonces pudimos continuar mi terapia sin interrupciones.

DIOS ES ZOMBI

Tengo desde pequeño un temperamento religioso, un carácter místico, pero nunca se me ha aparecido Dios ni nada parecido. Tampoco he logrado sanar a nadie imponiéndole las manos. A todo el mundo le suceden cosas paranormales menos a mí. El otro día se murió en Australia la madre de una vecina mía, atea de toda la vida y, por lo visto, en el momento mismo del fallecimiento a mi vecina se le rompió un anillo a la vez que una voz interior le decía: «Tu madre está en apuros.» Telefoneó urgentemente a Australia y, en efecto, acababa de fallecer. No es que no lo sintiera, pero la premonición compensó la pena. Ahora se ha puesto dos anillos en cada dedo para barruntar al por mayor.

Yo tampoco pido una manifestación tan exagerada, pero hace poco, por ejemplo, se me estropeó la cisterna del retrete y me dije: «Ya está, esto es que le ha pasado algo a mi cuñado, que es fontanero.» Telefoneé en seguida a su casa y mi hermana me dijo que estaba estupendamente. No voy a decir que hubiera preferido lo contrario, pero sí una señal de que hay Dios y de que me tiene en cuenta a la hora de repartir sus dones. Muchas de las personas que se ganan la vida en revistas dedicadas al más allá proceden del ateísmo radical, pero Dios les ha dado la fe. Eso es como si cuando ganara un partido político no colocara en la Administración a los que le han votado. Yo me he pasado la vida votando a Dios y continúo en el paro místico. No es plan.

Así que hace poco me dije: hasta aquí hemos llegado. Fui a la plaza de Callao, me senté en un banco y le dije a Dios:

—No me muevo de aquí hasta que no te manifiestes.

Al rato se sentó al lado un yonki que me pidió un euro para un bocadillo de mortadela y le mandé a la mierda.

—Tampoco es para que te pongas así —dijo.

—Perdona, es que llevo esperando a Dios desde hace dos horas, o desde hace treinta años, y estoy hasta las narices.

—¿Y quién te dice que yo no soy Dios?

Le iba a mandar a freír espárragos, pero me contuve gracias a mi talante piadoso. Dios se aparece bajo las formas más extrañas, incluso bajo la apariencia de Papa, que ya son ganas de figurar. Por delante de nosotros pasaba mucha gente que lo mismo podía ser Dios que el diablo y en la acera de enfrente, junto al Pans & Company, había una mujer negra sentada en el suelo, arrancándose parásitos de la cabeza. Recordé un eslogan que pusieron un día en la fachada de mi casa: «Dios es negra», y lo dije en voz alta.

—Dios es negra.

—Y marrón y azul y rojiblanca y azulgrana. Soy del color que quiera —dijo el yonki—, no tengo límites.

Le pedí una demostración y me hizo un juego de

manos con una moneda. Lo he visto mil veces: primero simuló que se la tragaba y luego me la sacó de la oreja. Vaya cosa. Una paloma sin dedos se me acercó y me picoteó el zapato. Le iba a dar una patada porque no soporto a las palomas sin dedos, pero tuve miedo de que fuera Dios, o el Espíritu Santo al menos, y me contuve.

—¿Quieres más pruebas? —dijo el yonki.

—No sé, resucita a alguien. Haz algo que pueda vender a una revista del más allá.

Entonces señaló con la mano al personal que iba de un lado a otro y dijo:

—A todos estos los he resucitado hoy.

—Pues los has resucitado mal —dije—, parecen zombis.

—Dios es zombi —afirmó—. ¿No has leído nunca ese grafiti?

—No —confesé aterrado. Pero miré más detenidamente al yonki y, en efecto, parecía que acababa de salir de la tumba.

—Resucitar es fácil —dijo—. Lo difícil es aguantar luego la vida minuto a minuto. Anda, dame un euro para un bocata de mortadela y deja de pedir peras al olmo. Como se me ocurra hacerte un favor, te vas a arrepentir de haberme conocido.

Tenía un gesto de cansancio cósmico que me hizo comprender que de verdad estaba hablando con Dios. Así que le di el dinero y me largué. Ahora vivo horrorizado con la posibilidad de que me lo agradezca dándome poderes para curar o algo peor. Por si acaso, no he vuelto a pasar por Callao.

ALTERNANCIA

Telefoneé a una agencia matrimonial el lunes y me dieron cita para el miércoles, lo que me pareció un buen augurio, porque yo siempre hago las cosas a días alternos: lunes, miércoles y viernes. O martes, jueves y sábados. Tuve que rellenar un formulario donde me hacían preguntas íntimas, prohibidas por la Constitución, pero una señorita muy amable me aseguró que necesitaban saberlas.

—Imagínese que es usted cristiano y le facilitamos una esposa mahometana. O que es vegetariano y le presentamos a una mujer carnívora. La convivencia sería imposible.

Mahometana y carnívora, pensé para mis adentros siendo víctima de una excitación sexual insólita.

—Ahora —dije para disimular—, gracias a la experimentación genética, se pueden fabricar ratones con orejas en la espalda.

—Por favor, eso no tiene nada que ver —dijo la señorita, amable.

Me retiré avergonzado a un saloncito contiguo dispuesto a rellenar el formulario, que era extensísimo.

Después lo repasé y me di cuenta de que había creado a un individuo que no tenía nada que ver conmigo. Puse que me gustaba el cine, la literatura y la cocina vasca, además de que era muy religioso y que detestaba la televisión y el tabaco. Me daba apuro que la señorita se diera cuenta de que no había dicho una sola verdad, pero ni lo miró. Por lo visto, de eso se encargaba un ordenador que cruzaba los datos y hacía coincidir a los mahometanos con los musulmanes y a los herbívoros con las coles de Bruselas.

Al salir a la calle me sentía como un hombre nuevo. Vi una iglesia, entré y recé dos padrenuestros con tres avemarías. Después compré varias novelas clásicas que hojeé en un restaurante vasco que hay al lado de las Cortes. Durante el primer plato me pregunté si yo mismo no sería de Bilbao, pero el camarero me aseguró que no tenía acento. Es cierto que podía haber venido a Madrid de pequeño, como un amigo de la infancia, también jubilado y viudo, nacido en Rentería y que ha pasado toda su vida aquí. Pero me pareció más variado ser de otro sitio, aunque al principio no fui capaz de decidir de dónde. Luego me vino a la cabeza la idea de ser de Colombia, una cosa absurda, ya lo sé, pero pensé que a cualquier mujer sensata le resultaría muy atractivo un colombiano maduro, residente en Madrid y aficionado a la cocina vasca. Todo ello por si fallaban las inclinaciones religiosas y la afición a la literatura clásica.

Llegué a casa en un estado de optimismo completamente nuevo para mí. Lo primero que hice fue esconder la televisión en un armario. Por mi gusto la habría tirado a la basura, pero pensé que a lo mejor por la noche me volvía la identidad anterior y necesitaba conectarme. Pasé una tarde estupenda, sin ardor de estómago ni regurgitaciones, y a eso de las once me metí en la cama como un colombiano culto, no sin antes rezar unas oraciones. Ya entre las sábanas, leí uno de los libros que había comprado al salir de la agencia y me entró el sueño sin necesidad de pastillas.

Al día siguiente, que era jueves, recaí en mi anterior personalidad y estuve no sé cuántas horas en el bingo, fumando sin parar y padeciendo fantasías eróticas insoportables con mahometanas carnívoras. Cuando volvía a casa, pasé por delante de una iglesia y escupí en vez de persignarme. Luego vi la televisión hasta que me hizo efecto el ansiolítico y me quedé dormido en el sofá. El viernes, al volverme la personalidad colombiana y culta, comprendí que estaba condenado a ser una cosa los lunes, miércoles y viernes y otra los martes, jueves y sábados. Todo en mi vida ha funcionado a días alternos, y creo que ya soy muy mayor para cambiar. Los domingos, que quedan fuera de esta disposición horaria, no cuentan: los paso en una especie de limbo en el que las cosas no son ni carne ni pescado.

A la semana siguiente me llamaron de la agencia para presentarme a una mujer que encajaba con mis preferencias colombianas, pero era martes y dije que tenía que ser mahometana y carnívora o que se olvidaran del asunto. El miércoles telefoneé yo, pero la señorita me pidió que no volviera a aparecer por la agencia y colgó.

EL MISTERIO Y EL ABSURDO

Ella estaba instalando un programa en el ordenador cuando él entró en la habitación y confesó que se había convertido.

—¿Convertido en qué? ¿O a qué? —preguntó la mujer, sacando un disquete e introduciendo otro con la lengua fuera de la boca, como cuando hacemos un trabajo manual que requiere mucha concentración.

—Al catolicismo.

Sin dejar de hablar con su marido, ella mantenía un diálogo excitante con el ordenador, cuyo ratón movía de un lado a otro, al tiempo que escuchaba con ansiedad el ruido de tripas procedente del disco duro. Cada paso llevado a cabo sin tropiezos le parecía un milagro de la naturaleza más que de la técnica.

—¿Y a partir de ahora me lo harás sin concupiscencia? —bromeó.

Él abandonó piadosamente la habitación y no se volvieron a encontrar hasta la hora de la cena. La mujer estaba fastidiada porque finalmente no había sido capaz de cargar el programa debido a un problema de la memoria operativa.

—Es más fácil —dijo— meterle a un hombre el catolicismo en el cerebro que un procesador de textos en el disco duro de un portátil. Los ordenadores son más delicados que vosotros. De hecho, tú has sido comunista, socialdemócrata, budista, gimnasta, cineasta y ahora católico. Si intento cargarle yo todos esos programas al IBM, se bloquea por culpa de la memoria operativa. Seguramente, tú sólo tienes memoria RAM. Ve al médico a ver qué te dice.

Él se comió el gallo frito y las acelgas rehogadas con humildad, sin responder a ninguna de las provocaciones de ella, y tras la cena se retiró al dormitorio mientras su mujer encendía la televisión, seleccionando un programa basura en el que la locutora llevaba colgada del cuello una cruz. No sabía si estaba más irritada con el ordenador o con su marido. Al poco se quedó dormida, pero la despertó a los cinco o diez minutos el claxon de un automóvil. Se asomó al balcón y vio a un hombre, cuyo coche estaba atrapado por otro puesto en doble fila, fuera de sí. Su mujer había roto aguas y no había forma de conseguir un taxi por teléfono porque retransmitían un partido trascendental de fútbol por la tele. Ella fue al dormitorio y encontró al católico durmiendo a pierna suelta, como si no tuviera ya problemas de conciencia. Tras desnudarse, se dejó caer violentamente junto a él, que se despertó sobresaltado.

—¿Entonces ahora estarás en contra del aborto? —preguntó ella.

—Ya te puedes imaginar que sí —dijo él, frotándose los ojos.

—Y a favor de la pena de muerte.

—No intentes confundirme. Que me haya convertido no quiere decir que no tenga contradicciones, sino que he preferido el misterio al absurdo.

—Dios, qué frase. ¿De quién es?

—De un obispo, creo.

—Ya. ¿Quieres decir que yo ahora mismo te parezco absurda? Porque si es eso, nos divorciamos la semana que viene.

—Yo no te he dicho que nos tengamos que divorciar.

—Pero me has dicho que soy absurda, y no querrás vivir con una mujer absurda pudiendo tener al lado a una misteriosa. Jamás se me habría ocurrido pensar que las católicas tuvieran misterio, ya ves tú. Como si no les bastara con el morbo de la pureza.

Como él no respondiera, se levantó violentamente de la cama y gritó:

—¿Sabes lo que te digo? Que si tú vuelves a la religión, yo vuelvo al hachís.

Salió del dormitorio y al poco regresó con un canuto encendido que le pasó a él después de dar dos o tres caladas. El hombre lo tomó con cierta ansiedad y una vez que le hizo efecto dijo:

—Y todavía no he sido musulmán, ni mormón, ni cuáquero. La vida es un portento. Me lo decía mi padre antes de que abandonáramos la provincia: en Madrid, un hombre puede ser lo que quiera, lo que quiera. Ahora quiero ser católico.

—Tienes que sacar un rato para hacerte adicto a los videojuegos. Los ordenadores son tan apasionantes como las religiones.

—A ver cómo vienen las cosas —dijo él, y se dio la vuelta para entregarse al sueño. Ella encendió la radio y sintonizó un programa dedicado al satanismo que escuchó boca arriba, pensando en el problema que tenía con el ordenador. El despertador no sonaría hasta las siete.

EL ESPACIO INTERDIGITAL

Sonó el teléfono y era la chica de las encuestas. Llama todos los jueves, después de comer, porque conoce perfectamente mis costumbres y sabe a las horas que estoy y a las que salgo. Me preguntó cuántas veces me cambiaba de calcetines a la semana y si los prefería de algodón o de fibra. Reconozco su voz en seguida. Otras veces quiere saber a quién voy a votar y si prefiero los grandes almacenes a las tiendas pequeñas. Prácticamente, le he dicho todo acerca de mí: qué programas de televisión veo, cuántos metros cuadrados tiene mi casa, qué colonia me gusta más y si soy partidario del flúor en la pasta de dientes. Encuesta a encuesta, he ido contándole mi vida sin que yo supiera nada de la suya. No digo que en alguna ocasión no le haya mentido para aparentar más de lo que soy, pero básicamente tiene mi perfil. Lo de los calcetines me pareció demasiado.

—Cada vez me preguntas cosas más íntimas —le dije.

—Yo no hago los cuestionarios —respondió—, pero vivo de ellos, compréndeme.

—No, si te comprendo, pero a mí también me gustaría conocer algún detalle de tu ropa interior.

—Pues nada, pregunta lo que quieras.

Averigüé tres o cuatro cosas un poco avergonzado, y no seguí investigando porque me pareció que ella no ponía ninguna pasión en sus contestaciones. Respondía de un modo frío, informal, como si hablara de otra cosa, lo que me produjo un malestar indefinido. Al final, le dije que me cambiaba de calcetines dos veces al día para parecer más limpio de lo que soy, pero ella interpretó que sudaba mucho y me recomendó unos polvos que hay que ponerse en los espacios interdigitales. Eso dijo, «interdigitales», y me excité, vete a saber por qué. De todos modos, no me gustó dar esa imagen de persona sofocada: creo que sudo lo normal, ni poco ni mucho. Respecto a si prefería el algodón o la fibra, no lo sabía a ciencia cierta, así que dije que la fibra, que la anuncian mucho ahora, aunque creo que más para la digestión que para los pies.

La chica me dio las gracias, como siempre, y luego pasó mucho tiempo sin llamarme. Empecé a preocuparme, no sé por qué, y al día siguiente, como si me hubiera leído el pensamiento, sonó el teléfono después de comer y era ella. Esta vez no quería hacerme ninguna encuesta: la habían despedido o no le habían renovado el contrato basura y estaba en la calle, la pobre. Por lo visto, no tenía a nadie en Madrid, y me preguntó si podía quedarse en mi casa unos días.

—Después de todo —añadió—, vives solo y tienes una casa grande, con dos baños.

Es cierto que vivía solo, pero en lo otro le había mentido. La verdad es que tengo un apartamento con un dormitorio y un salón, sin cocina independiente. Y un solo baño, desde luego. Me daba vergüenza confesárselo, pero me pareció más prudente.

—Además, no tengo microondas —añadí— ni lavavajillas.

Ella dijo que ya lo había supuesto (nadie decía la verdad en las encuestas telefónicas), pero no le importaba. Podía dormir en el sofá y no me estorbaría.

Me pareció absurdo decirle que sí, pero era tal la intimidad que se había establecido entre nosotros a través de las encuestas telefónicas que habría sido como negarle el cobijo a un familiar que pasara por Madrid de camino a otro sitio. Sin embargo, una relación con una voz no es lo mismo que una amistad con un cuerpo entero. La voz es lo más inmaterial que poseemos, lo más tenue, quizá lo menos nuestro. A mí me gustaba su voz, pero no podía decirle que dejara la voz y se fuera con el resto de sí a otro sitio, de manera que le di la dirección y me senté a esperar.

Al rato sonó el timbre de la puerta y entró una chica muy menuda, muy joven. No me la había imaginado así, pero me gustó más que en mis fantasías: una rareza, porque suele suceder al contrario. La invité a tomar asiento y, como tenía en la cabeza la descripción de su ropa interior, traté de imaginarla casi desnuda, pero se dio cuenta y dijo que también ella me había mentido respecto a eso: normalmente llevaba bragas de algodón porque era alérgica a los tejidos sintéticos. Luego sacó los libros y se puso a estudiar. De esto hace un año y todavía no se ha ido. Lo malo es que ha empezado a llamar una chica de otra agencia de encuestas y he vuelto a decir que vivo solo y que tengo dos baños. Lo de los dos baños es mentira, pero lo otro, pese a la presencia de la estudiante, continúa siendo verdad.

EL SECUESTRO AÉREO

Antes de que el avión hubiera alcanzado la altura de crucero, el joven loco se levantó sosteniendo en la mano derecha un aparato del que afirmó a gritos que estaba conectado a una bomba que llevaba pegada al muslo con cinta adhesiva.

—Aquí se va a hacer a partir de ahora lo que yo diga —añadió, con el labio superior y la frente barnizados de sudor.

Las azafatas y el pasaje se dieron cuenta de que se trataba del mando a distancia de un televisor, pero nadie hizo nada por frenar al muchacho. Eran las ocho de la mañana y acababan de dejar atrás un Madrid lluvioso, caótico, agresivo. La Barcelona que les esperaba al otro lado del puente aéreo no estaba, según la radio, en mejores condiciones. Muchos viajeros agradecieron íntimamente que se les sacara de la rutina habitual con un falso secuestro. El joven apuntó a una azafata con el mando exigiéndole que le condujera a la cabina del piloto.

—¿Qué pasa? —preguntó el comandante al percibir el perfume de la azafata tras de sí.

—Esto es un secuestro —gritó el muchacho apuntando a todo lo que se movía.

—Dice que lleva una bomba pegada al muslo —informó la azafata con neutralidad.

El comandante observó el mando a distancia con una mirada estimativa y preguntó a la tripulación:

—¿Queréis que salgamos en el telediario o preferís que le dé una torta y lo devuelva a su asiento?

Hubo unos instantes de vacilación que resolvió el copiloto con cinismo:

—Yo prefiero salir en el telediario.

El comandante empezó a sobrevolar Madrid e informó a la torre de control de que estaban secuestrados por un individuo que amenazaba con hacer explotar una bomba que llevaba pegada al muslo si no seguían sus instrucciones. Desde la torre, preguntaron qué quería.

—¿Que qué quieres? —dijo el comandante, volviéndose al chico.

—No sé —respondió, sudando a chorros—, el caso es que tengo de todo.

—¿Cómo que tienes de todo?

—Que tengo de todo, eso dicen mis profesores.

—¿No hay de verdad nada que desees, incluso aunque no sea directamente para ti, sino para darle una alegría a alguien?

La azafata se acercó al muchacho y le quitó el sudor de la frente, como una enfermera a un cirujano. Entre tanto, el comandante se dirigió por la megafonía al pasaje y anunció que aunque el avión se encontraba secuestrado, las negociaciones con el terrorista progresaban razonablemente bien.

—Espero darles buenas noticias en poco tiempo —añadió—. No pierdan la calma y si desean un zumo o un café pónganse en contacto con nuestro personal auxiliar.

Pasaron unos minutos de incertidumbre. El muchacho loco parecía decepcionado y asustado a la vez por la actitud general. Quizá no había esperado tanta comprensión. El copiloto sacó un peine de alguna parte y se lo pasó por la cabeza, pensando en las fotografías. El comandante encendió un cigarrillo con gesto de paciencia.

—¿No quieres que vayamos a Cuba? Es lo normal.

—No —dijo el muchacho saliendo de su estupor—. Lo que a mis padres les gustaría es que me dieran el premio Nobel de Química porque tienen una droguería en Fuencarral.

El comandante se puso en contacto con las autoridades, que a la vez hablaron con los suecos. Tras unas deliberaciones no exentas de tensión dijeron al comandante que, tratándose de un terrorista, sólo le podían dar el Nobel de la Paz.

—El de la Paz está bien —dijo el muchacho tras unos minutos de duda—. Aterriza, que me voy a entregar.

El comandante inició la maniobra de aproximación al aeropuerto de Barajas, mientras los pasajeros empezaban a encender los móviles para ponerse en contacto con las emisoras de radio y contar su versión de lo sucedido. Cuando se abrieron las puertas del avión, la policía gritó que saliera el secuestrador con las manos en alto. El muchacho abandonó el aparato con el mando a distancia en la mano derecha, descendió por las escalerillas y cuando estaba a un metro de los geos, a punto de que éstos se abalanzaran sobre él, apretó un botón y cambió de canal.

EL CANARIO

Nunca había estado en mis cálculos quedarme viuda, no contaba con ello. Generalmente, la mayoría de las cosas que nos ocurren aparecen en la cabeza de otro, no en la nuestra. Fue una sorpresa, en fin, que Antonio falleciera antes que yo, de modo que al regresar del cementerio y encontrarme con la casa en silencio, toda para mí, no supe si alegrarme o sufrir. De hecho, volví a la calle y comencé a andar sin rumbo, intentando ordenar las ideas y los sentimientos, con poco éxito, ésa es la verdad. No me di cuenta de que iba hablando sola hasta que levanté la cabeza en un semáforo y vi que la gente me miraba con piedad, quizá con miedo.

Avergonzada, crucé la calle y me oculté en el primer establecimiento que me salió al paso: una pequeña tienda de animales situada en la calle de Costa Rica (mi casa está en López de Hoyos: no tenía conciencia de haber andado tanto). Los animales me observaron con neutralidad al entrar y en seguida volvieron a su ensimismamiento. El dueño del negocio, que escuchaba un partido de fútbol al fondo de la tienda, tampoco me hizo caso. Decidí dar una vuelta por entre las jaulas para reponerme, cuando un canario cantó de un modo especial, observándome de manera insistente con el ojo derecho. Daba la impresión de que, más que trinar, intentara decirme algo. Me acerqué a él y advertí en seguida que era mi marido. Nunca imaginé la posibilidad de que las almas transmigraran, pero lo cierto es que allí estaba Antonio, dirigiéndose a mí en ese tono intolerable que le salía antes del telediario y después del desayuno. Me lo llevé, claro, qué iba a hacer. Costaba cincuenta euros que pagué con la tarjeta de crédito, así que se puso hecho una furia dentro de la jaula, pues él tenía la costumbre de pagar todo al contado por miedo a la electrónica.

—Sí que canta, sí —dijo el de la tienda para presumir del género mientras el pájaro se desgañitaba.

Cuando llegamos a casa, coloqué la jaula sobre el sofá, encendí la tele, y eché de menos la sensación de libertad que había tenido al regresar del cementerio. Recuerdo que en ese instante telefoneó mi ahijada (una hija de mi hermana; nosotros no habíamos tenido hijos) para ver cómo me encontraba y el pájaro se puso a cantar o a gruñir como cuando él estaba vivo: no podía verme al teléfono sin preguntar en seguida, generalmente a gritos, con quién estaba hablando.

—¿Qué es ese ruido? —preguntó mi ahijada.

Estuve a punto de decirle que su tío había regresado del más allá, pero comprendí que dicho de ese modo podría interpretarse mal y le mentí:

—Nada, que me he comprado un canario.

Cuando volví al sofá, Antonio insistió en saber quién había llamado y le dije que no le importaba y que me dejara ver la tele en paz. Lejos de eso, comenzó a piar más fuerte que antes, organizando un estruendo tal que tuve que echarle un paño negro por encima. Al día siguiente, al abrir la jaula para ponerle de comer, me dio un picotazo. Entonces le dije:

—Mira, esto se ha acabado. No te voy a tolerar ni una agresión más. Si quieres vivir en esta casa, procura comportarte.

Se puso a cantar hecho una furia y yo, en un arrebato, metí la mano en la jaula y lo asfixié en un dos por tres. Luego lo llevé al baño, y tras arrojarlo por el retrete, tiré de la cadena. Después me puse a ver la tele sin ningún remordimiento, pese a que era la hora de ventilar la casa y hacer la cama.

A los pocos días, pasé de nuevo por una tienda de animales, esta vez situada en Joaquín Costa, y entré por curiosear un poco. De súbito, me llamó la atención el gritito de un hámster que resultó ser Antonio de nuevo. Cada vez caía más bajo. Como era mucho más barato que el canario y ya tenía la jaula, me lo llevé a casa, pero a los pocos días tuve que ahogarlo también porque se puso intransigente. Y no pienso dejar de ahogarle hasta que entre en razón, aunque se reencarne en un perro de presa, o en un tigre. En realidad, es lo que estoy deseando, que se me aparezca en un animal grande, para tener la sensación de matarle de verdad. Con los animales pequeños, aunque el crimen no deja de darme gusto, tampoco acabo de saciarme.

CUANDO NO PASA NADA

El desconcierto estalló en la comisaría de Centro a media mañana, cuando un periodista telefoneó por rutina para saber qué había sucedido y tuvieron que decirle que nada.

—¿Cómo que nada? ¿No se ha producido ningún tirón, ninguna denuncia por malos tratos, ninguna violación, ninguna muerte? ¿Qué intentáis ocultar?

Tras despachar al periodista, el comisario se quedó un poco inquieto y telefoneó a sus colegas de las otras comisarías... La calma, en todas ellas, era absoluta y el día se cerró sin que nada ni nadie hubiera quebrado esa extraña paz, más extraña si se tenía en consideración que las Navidades añadían a la fiebre habitual unas décimas de temperatura que se traducían en un aumento notable de las denuncias con respecto a los meses considerados normales.

Al día siguiente, después de comer, y como las cosas continuasen en el mismo estado, el Delegado del Gobierno se reunió con los comisarios de la ciudad y los puso firmes.

—No podemos continuar diciendo a los periódicos que no pasa nada. Nos van a tomar por tontos.

—Es que no pasa nada —respondieron.

—Pues que alguien atraque un banco o vuele una embajada. Pero hagan algo o, antes que la mía, van a rodar las cabezas de todos ustedes.

Los comisarios regresaron a sus puestos de trabajo con la esperanza de que durante su ausencia hubiera sucedido una catástrofe, pero sus agentes continuaban sesteando junto a los teléfonos súbitamente enmudecidos. Algunos reunieron a su equipo de confianza para planificar la comisión de algún delito menor, pero no encontraron voluntarios, pese a la promesa de tener en cuenta su colaboración a la hora de decidir los próximos ascensos. A los cuatro días la situación era desesperada: la delincuencia parecía haber entrado en un estado de huelga indefinida y las leyes empezaban a adquirir un grado de inutilidad preocupante. Entonces, el ministro reunió a sus colaboradores más cercanos y no se anduvo con rodeos:

—Quiero de aquí a mañana dos asesinatos, tres robos con asalto y dos violaciones con premeditación y alevosía. De ello depende el futuro de este ministerio y, en consecuencia, el pan de sus hijos. Ustedes verán cómo se las arreglan.

Los comisarios se reunieron con sus hombres más duros y les pidieron que se pusieran en contacto con sus confidentes para ofrecerles dinero por delinquir.

—Va a haber pasta para todos —prometieron—, y tampoco se les pide nada del otro mundo: un par de crímenes, siete u ocho butrones, media docena de infracciones de circulación. Y droga, mucha droga, que el tráfico de droga tranquiliza a los contribuyentes.

Los policías utilizaron sus contactos habituales en los bajos fondos, pero ni con promesas ni amenazas lograron que la gente volviera a delinquir. El crimen se había vuelto perezoso.

Así las cosas, a los dos o tres meses de esta paralización, y cuando el cuerpo de la ley, al faltarle el alimento del crimen, empezaba a mostrar signos de debilidad, el ministro del Interior decidió convocar oposiciones a delincuente, sacando a concurso cinco mil plazas a las que no se presentó nadie porque el salario era inferior al de un policía municipal recién ingresado. Tras revisar este aspecto y crear un montepío que asegurara una jubilación digna incluso a los facinerosos que no hubieran cotizado jamás a la Seguridad Social, lograron cubrir algunas plazas a las que se presentó un grupo de policías jóvenes hartos de la situación de interinidad que padecían en el Cuerpo. Pero se negaron a cometer delitos mayores mientras no se les reconociera en su nuevo puesto de trabajo la antigüedad de los sucesivos contratos eventuales que habían cumplido para la policía. Tras una serie de reuniones con los representantes de Interior, en las que se dieron las tensiones inherentes a toda negociación colectiva, los nuevos funcionarios empezaron a transgredir la ley con furia, y a fortalecerla en consecuencia. A los pocos días, Madrid era la ciudad tranquila y confiada de siempre. Más tarde, mucha gente pretendió delinquir sin haber hecho oposiciones, pero el nuevo sindicato del crimen lo impidió.

CADA INDIVIDUO ES UN UNIVERSO

Cuando el taxista creyó haber alcanzado el grado de confianza de crucero, afirmó que cada familia era un mundo, para añadir casi sin transición:

—Mis suegros, por ejemplo, me toleran, pero no me aceptan.

—Pues los míos me aceptan, pero no me toleran —respondí yo para confundirle un poco. Detesto este tipo de conversaciones.

El hombre se hundió en un silencio rencoroso y en el primer semáforo se bajó del coche para cambiar la bombona. Por la radio, un individuo afirmaba que la mayoría de los accidentes mortales que se producían en el interior de los automóviles, cuando iban muy llenos, se debía a que las cabezas de los pasajeros chocaban entre sí, abriéndose como sandías. Un enfermo. El taxista volvió al coche tras realizar la operación en el maletero y afirmó:

—Eso que dice usted no puede ser. Si le aceptan, ¿cómo no van a tolerarle?

—Del mismo modo que yo acepto la existencia de la penicilina, aunque no la tolero, porque soy alérgico a los antibióticos. Mis suegros son alérgicos a los yernos. Tienen tres más y aceptan a todos, pero no toleran a ninguno. Personalmente, preferiría tolerar la penicilina, aunque no la aceptara. Solamente me puedo tratar las infecciones con sulfamidas, que me dejan hecho polvo.

Comprendí que acababa de romperle al hombre una frase que quizá había repetido a todos los pasajeros que caían en sus manos. Fue una crueldad, pero la vida es dura y el pez grande se come al chico, etcétera. Llegamos al Vips de Velázquez y le pedí una factura, para hacer gasto: así aprendería a dar conversación a los clientes. Por la boca muere el pez. Asco de peces.

A los pocos días tomé un taxi en la plaza de Cataluña. Cuando empezaba a hundirme en mis cavilaciones el conductor decidió darme conversación.

—Cada familia es un mundo —dijo.

—Claro —respondí yo sin dejar de pensar en mis cosas.

—La familia de mi mujer me acepta, pero no me tolera.

—Pues la de la mía me tolera, pero no me acepta —dije mecánicamente, por llevar la contraria.

Entonces el coche se echó a un lado, sentí un frenazo brusco y el taxista se volvió hacia a mí con expresión de triunfo. Era el mismo al que sus suegros toleraban sin aceptar.

—Le cacé —dijo—, es usted un demagogo. Siempre dice lo contrario de lo que oye por afán de discutir.

—Eso no es un verdadero demagogo —respondí—. El verdadero demagogo es el que dice lo contrario de lo que piensa para engrasar las neuronas.

—Pues el otro día me dijo usted una cosa y hoy me

ha dicho la contraria. O mintió entonces o ha mentido ahora.

—No tengo suegros, eso es lo que pasa. Soy soltero y lo mismo me da que me acepten sin tolerarme o que me toleren sin aceptarme.

En esto llegamos a mi casa.

—¿Vive usted aquí? —preguntó.

—Sí —dije.

—Una casa muy grande para un soltero.

No respondí a esa impertinencia, pero volví a pedirle una factura que tiré al suelo delante de sus narices, apenas me bajé del coche.

A los pocos días salía de casa con mi mujer y dio la casualidad de que en la puerta mismo había un taxi, que cogimos sin dudar, pues teníamos prisa. Al poco, escuché una voz que reconocí en seguida.

—Cada familia es un mundo —dijo.

—Y cada individuo es un universo —añadió mi mujer, entrando al trapo a cien por hora.

—Mis suegros me toleran, pero no me aceptan —añadió el taxista, amenazándome con la mirada a través del retrovisor, para que no hablara.

—Con el tiempo acabarán aceptándole también —aseguró mi mujer, y se enredaron en una de esas conversaciones detestables sobre simpatías y antipatías familiares. Cuando llegamos a nuestro destino, me preguntó si quería factura y tuve que decirle que no, claro, para no dar explicaciones a mi esposa. Ahora llevo varios días buscándole por todas las paradas, para vengarme, pero parece que se lo ha tragado la tierra.

INTRANSIGENCIA HORARIA

Tuve una novia que detestaba la puntualidad porque le parecía un vicio pequeñoburgués. Por aquella época yo llegaba siempre media hora antes a las citas, no por afán reaccionario, sino por problemas mentales. Creía que si me retrasaba sucedería una catástrofe. Además, la ventaja de llegar dos o tres horas antes al aeropuerto es que si se te ha olvidado el pasaporte puedes volver a casa a por él sin perder el vuelo.

Mi novia no comprendía estas explicaciones y reprochaba con amargura mi aburguesamiento progresivo en unos años en los que la clase media estaba muy mal vista entre la clase media. Le expliqué entonces que siempre llegaba antes de tiempo a las citas para echar un vistazo desde lejos a la esquina en la que había quedado y comprobar que no había movimientos raros en la zona. Había leído muchas novelas de John Le Carré y los espías siempre tomaban esa elemental medida de precaución.

—No querrás que un día averigüen dónde hemos quedado y me detengan.

—Pero tú no eres espía —contestaba ella.

—Nunca se sabe —respondía yo enigmáticamente.

La ventaja de los espías es que pueden desarrollar toda clase de patologías obsesivas sin llamar la atención. Un agente como Dios manda está obligado, por ejemplo, a dejar cogido un palillo de dientes en la puerta al salir de casa para detectar si alguien entra durante la ausencia. A falta de palillo se puede colocar también un poco de cinta adhesiva en un rincón del quicio. Y aun con todas las precauciones, hay que llevar cuidado con lo que luego se habla en el cuarto de estar, porque pueden haber colocado micrófonos del tamaño de la cabeza de un alfiler en cualquier parte. Antes de iniciar una conversación comprometida, pues, conviene asomarse a la ventana y asegurarse de que no hay en la calle ninguna furgoneta con antenas parabólicas en el techo. Todas las cautelas son pocas.

Una vez acudí a un psiquiatra para curarme de estas irregularidades, que me quitaban mucho tiempo y demasiadas energías. Cuando le conté todo, afirmó que, efectivamente, necesitaba tratamiento. Pero lo dijo de un modo que no me gustó, así que al hacerme la ficha y preguntarme la profesión dije que era espía.

—Entonces usted hace lo que debe. Necesitaría tratamiento si no tomara ninguna precaución.

—Eso es lo que yo le digo a mi novia.

—¿Pero sabe ella que usted es espía?

—Por supuesto que no. ¿Se cree que soy un agente loco que va contando a todo el mundo que estoy al servicio de la Unión Soviética?

Por entonces existía la Unión Soviética y Madrid estaba lleno de partidos comunistas y partidos de los trabajadores y banderas rojas y chinos y prochinos y procubanos, además de los tradicionales fascistas y de las

Jons. La vida era muy difícil, y no estaba al alcance de cualquiera prescindir de estos ritos obsesivos aun a costa de parecer un contrarrevolucionario, o un pequeñoburgués.

El caso es que mi manía por llegar pronto y la pasión de mi novia por llegar tarde enturbiaban mucho nuestras relaciones. Entonces yo, en un rapto de generosidad, sólo por complacerla, juré que llegaría tarde a todas las citas, por lo menos a todas las citas que tuviera con ella. De este modo, las aguas volvieron a su cauce, al cauce de mi novia quiero decir, dejando el mío completamente seco.

Durante las semanas siguientes cumplí mi promesa en dos o tres ocasiones, pero sufría tanto con la superstición de que el mundo se iba a acabar debido a mi tardanza, que en seguida comencé a presentarme a la hora de siempre, ocultándome en los alrededores, para aparecer con cara de recién llegado después de que ella llevara unos minutos esperando. Un día estaba escondido en un portal, controlando la zona del encuentro, y la vi llegar diez minutos antes de la hora. Entonces salí de mi escondite y cuando la llamé pequeñoburguesa me aseguró que había llegado pronto para cerciorarse de que yo llegaba tarde. Ese mismo día rompimos, por razones ideológicas según ella, aunque yo siempre pensé que era por diferencias psiquiátricas.

El otro día la vi por la calle, con un niño pequeño de la mano, y tuve la tentación de acercarme para pedirle perdón por aquella intransigencia horaria de mi juventud, pero comprendí en seguida que era demasiado tarde, al menos para mí. Para ella, seguramente, sería demasiado pronto.

LA HIJA DE BEATRIZ

El viernes pasado, Día del Libro, estaba comiendo un bocadillo de calamares en un bar de López de Hoyos, cuando se me acercó una chica con melena ondulada y falda a cuadros que parecía proceder de mi adolescencia más que de la calle. Llevaba en la mano un libro de Paulo Coelho en el que, según me dijo, acababa de leer que el mundo estaba lleno de señales.

—Me he dado cuenta —añadió— de que comes el pan como si más que masticarlo lo pensaras, igual que hacía mi padre muerto.

—Pues me cago en Paulo Coelho y en tu padre muerto —respondí sin agresividad—. No hablo con nadie cuyas citas literarias no sean de Shakespeare para arriba.

—Eso también era típico de mi padre —respondió ella con dulzura—: despreciar lo que ignoraba. Puedes cagarte en él todo lo que quieras, pero deja a Paulo Coelho en paz.

Entonces me di cuenta de que el mundo estaba de verdad lleno de señales. Aquella chica me recordaba una novia de mi adolescencia llamada Beatriz, un nombre un poco raro para la época, dominada por las paquitas, las julias y las marujas. Tal vez, pensé, venía a decirme algo desde el pasado. A veces pienso en el pasado. Voy caminando por la calle de Constancia, en dirección al colegio, y de súbito veo venir de frente a Beatriz, que va a clase de estenotipia y mecanografía. Quizá sea un poco cruel exigirle una cita de Shakespeare con un bagaje cultural tan escaso. Después de todo, yo tropecé con Shakespeare por casualidad y no siempre consigo entender lo que dice. Me faltó el canto de un duro para quedarme en Paulo Coelho: tal vez lo hubiera preferido a condición de que Beatriz permaneciera a mi lado. Ahora seríamos los dos mayores y veríamos la tele y leeríamos a Paulo Coelho juntos. Nuestros hijos llenarían la casa de libros de autoayuda y habríamos encontrado a la vida un sentido coelhiano. Dicho así suena bien, mejor que sartreano o wittgensteniano.

Hablando de Wittgenstein, me acordé de un libro muy importante de mi juventud: *La Viena de Wittgenstein*. Tal vez, de haberme casado con Beatriz, yo podría haber escrito *El São Paulo de Coelho*. No sé, no sabe uno qué es lo importante y lo que no. Di un trago a la cerveza, mordí el pie de un calamar que se escapaba por la herida abierta del pan y lancé una mirada amable a la chica.

—Mira —le dije—, no quiero molestarte, pero es que Paulo Coelho escribe muy mal y es un farsante. Además no creo que el mundo esté lleno de señales. Más bien peca de lo contrario: de falta de señalización. El mundo es peor que el aeropuerto de Francfort: todos los carteles están ahí para confundirte, para que cojas el vuelo que no es o te quedes atrapado en el laberinto de sus pasillos.

—Razón de más para que cuando aparezca una señal nos aferremos a ella, y ya he dicho que te pareces a mi padre.

—Pues no es por darle la razón a Coelho, pero tú eres idéntica a una chica de la que estuve enamorado en mi adolescencia. Idéntica, idéntica. A lo mejor eres hija de ella. Se llamaba Beatriz.

—No sigas —respondió palideciendo la chica—. Mi madre se llama Beatriz, pero tengo miedo de que si continúas hablando no se trate de ella, con lo que me gustan a mí las señales del destino.

A mí también me dio miedo indagar, por si se rompía la magia, con perdón. Nunca había imaginado viuda a Beatriz, con la ropa interior negra y todo eso. Yo seguía soltero por pereza. Quizá ninguna mujer había insistido lo suficiente, pero de repente pensé que si Beatriz estaba viuda y todavía sintiera algo por mí, yo estaría dispuesto a casarme con ella, aunque su hija leyera a Paulo Coelho. Personalmente, había caído el año anterior en el desvarío de leer a Susanna Tamaro.

—Quiero casarme con tu madre —me oí decir con decisión, mientras pagaba la cerveza y el bocadillo de calamares.

—Pero si ni siquiera sabes si es la Beatriz de tu juventud.

—No importa —respondí—. Si esto es una señal, no quiero dejar de leerla. Me da pánico pasarme la vida dentro de un aeropuerto en busca del módulo de información. Llévame donde está ella. Seré como un padre para ti.

Eso es en realidad lo que imaginé, y sin duda lo que tenía que haber hecho, pero no tuve valor para traicionar a Shakespeare a favor de Coelho. Entre la literatura y la vida, siempre he elegido la literatura, y así me va. La chica abandonó el establecimiento en busca de otra señal y cuando salí había desaparecido.

LA VECINA DIFUNTA

Supe que esa noche había fallecido una amiga nuestra que vivía en el piso de abajo porque antes de que sonara el despertador abrí los ojos y se me apareció su espectro.

—Oye, que me he muerto —dijo como si no acabara de creérselo.

Vive sola y supuse que quería que yo diera la voz de alarma. Pero no. Se había presentado en mi casa porque no sabía qué hacer ni adónde dirigirse.

—¿Estás asustada? —pregunté.

—Asustada, no. Me siento rara. He ganado en velocidad, pero no tengo interés especial por ir a ningún sitio. Nunca me gustó mucho viajar.

—¿Quieres que avise a alguien?

—No, no, si ya te digo que sólo pasaba por aquí, pero voy a continuar atravesando tabiques, por curiosidad.

Era todo tan natural que a mí mismo me sorprendió no tener miedo. Estar muerto no era gran cosa, en fin. Me di la vuelta para conciliar el sueño y en ese momento sonó el despertador.

Después de ducharme, mientras ponía el café, estuve a punto de contarle a mi mujer lo sucedido. Podía decirle en tono casual: he soñado que se ha muerto Fulana. Pero me pareció que si después se confirmaba quedaría yo en una posición algo incómoda. Y si no se confirmaba también. Me callé, pues, y al salir de casa bajé andando en vez de tomar el ascensor, y estuve escuchando tras la puerta de la fallecida. No se oía nada. Resistí la tentación de tocar el timbre con el pensamiento mezquino de que si estaba muerta de verdad era un modo de meterme en líos. No era difícil imaginar las preguntas de la policía: «¿Es cierto, como afirma una vecina, que usted tocó el timbre de la interfecta a las ocho horas?»

Estuve toda la mañana en el despacho con una sensación de irrealidad curiosa, como si no hubiera salido del sueño, o no hubiera entrado del todo en la realidad. Comí cerca, en un restaurante económico de López de Hoyos, y tras el café telefoneé a la difunta, con el dedo listo para colgar si lo cogía la policía, que quizá estuviera ya revisando el piso. Pero no lo descolgó nadie. A los cinco pitidos de rigor saltó el contestador automático, que no dijo en este momento no puedo atenderte porque acabo de fallecer, sino deja un mensaje después de la señal. No dije nada para no verme implicado en el suceso si de verdad había muerto. Podía haberle preguntado al espectro si había sido de sobredosis o qué, aunque creo que no se droga. Pero hoy día resulta tan sospechoso fallecer que me pareció más prudente no averiguar nada.

Por la tarde, cuando abrí la puerta de mi casa, oí a mi mujer hablar con alguien en el salón. «Es ella», me dije, «la difunta». Avancé por el pasillo con el corazón en la garganta, y era ella, en efecto. Muchas tardes, como vive sola, pasa a nuestra casa y se queda charlando con nosotros hasta la hora del telediario. Se estaban preparando una copa y mi mujer preguntó si yo quería algo.

—Un vaso de agua —respondí, pues tenía la garganta seca.

Mi esposa se retiró a la cocina y la muerta y yo nos quedamos solos, mirándonos. Noté que aunque intentaba aparentar naturalidad había en ella algo que no era normal.

—¿Pero tú no te habías muerto? —pregunté en voz baja.

—¿Qué dices? ¡Aquí iba a estar contigo si estuviera muerta!

En ese momento llegó mi mujer con el vaso de agua y los hielos.

—¿De qué habláis? —preguntó.

—Tu marido, que se ha empeñado en que llevo el pelo más corto.

Si no hubiera mentido, habría pensado que todo había sido un sueño, pero su reacción la delató. De hecho, ha dejado de venir a casa por las tardes porque tiene miedo de que la ponga en evidencia, y cuando nos cruzamos en el portal me evita. La ciudad está llena de gente así, personas que se pasan las tardes en las cafeterías, frente a una taza de la que simulan beber.

EL PRECIO DE LAS ALMAS

Al principio fue un alivio que se me apareciera el diablo, pues aunque no tenía intención de venderle nada, siempre es bueno para la autoestima saber que tu alma está en el mercado. Íbamos dentro de un taxi Satán y yo, él disfrazado de taxista, claro; yo, de agente comercial. Conducía con una habilidad notable, pese a tener patas de cabra en lugar de pies.

—No sé cómo puede manejar el embrague y el freno con esas extremidades —dije por hacer tiempo, para que no me viera ansioso y comenzara la negociación a la baja.

—En realidad, el coche va solo —respondió él—. Yo me limito a mover los brazos y las piernas, para disimular.

—¿Y qué precio tienen las almas esta temporada? —pregunté en tono casual, al ver que no se animaba a hablar del tema.

—¿Almas? Hace mucho que no compro almas. Tenemos el infierno a rebosar. Antes había que ofrecer la eterna juventud y no sé cuántos sacos de oro por un alma. Ahora te las dan a cambio de un Rolex de acero, o de un apartamento en Torrevieja.

En la actualidad, según me explicó, compraba cuerpos. Los cuerpos se estaban poniendo por las nubes. Me halagó que estuviera interesado en el mío, pues nunca me había parecido gran cosa. Es más, una vez superado el primer instante de desconcierto, pensé que era mejor para la autoestima que el diablo estuviera interesado en mi cuerpo antes que en mi alma. No es que hubiera decidido venderlo, pero dejé que le pusiera precio.

—Yo, ahora mismo, le doy dos almas por su cuerpo —dijo al fin.

—¿Y qué hago yo con dos almas, tres con la que ya tengo, sin un cuerpo en el que recogerlas al caer la tarde?

—Usted verá, pero una habla francés e inglés y la otra alemán. Pertenecieron a dos conocidos poetas del siglo pasado.

Empecé a dudar. Aunque no le dije nada al diablo, tengo el colesterol alto y hace dos años sufrí una angina de pecho. Además, padezco de ardores de estómago. Y me acatarro con que me dé un soplo de aire. Nunca me he encontrado a gusto dentro de mi cuerpo. La idea de carecer de necesidades orgánicas y de ser jefe, por si fuera poco, de dos almas internacionales me hacía ilusión. Con el alma que hablaba francés e inglés podía entenderme, pues conozco los dos idiomas. Del alemán no tengo ni idea, pero pensé que todo sería cuestión de poner un poco de atención durante los primeros meses. Poseer un alma alemana, aunque no la entendiera, tenía su atractivo.

En esto, llamaron al taxista desde la central diciéndole que había un cuerpo en venta en María de Molina con Serrano.

—¿Le importaría bajarse, que tengo un servicio urgente? —preguntó.

—Un momento, un momento, que todavía no hemos cerrado nuestro trato.

—¿Le interesa el negocio, pues?

—Venga, sí —dije un poco incrédulo, la verdad. Precisamente ese día me estaba matando la gastritis.

Entonces sentí como si me arrancaran el jersey con una violencia enorme y de repente me vi fuera del taxi, flotando en medio de la Puerta de Alcalá, con dos almas sumisas a mi lado. El coche se alejó con mi cuerpo dentro. No he podido olvidar la expresión sombría de mi rostro al otro lado de la ventanilla.

Al principio fue divertido ir de acá para allá como un manojo de globos por el aire, pero a los tres días comenzamos a tener un síndrome de abstinencia corporal insoportable. Además, como se suponía que el jefe era yo, tenía que tomar decisiones y arreglar la vida al francés con conocimientos de inglés y al alemán. Me ofrecí a más de cien personas sin ningún resultado: era verdad que las almas estaban por los suelos. Finalmente, en el aparcamiento de Santo Domingo di con un jefe de recursos humanos que nos permitió entrar en el cuerpo de un director comercial que tenía a su cargo a cambio de hacerle hablar francés, inglés y alemán. Acepté en seguida, pero tuvimos que repartirnos el cuerpo entre los tres y a mí me tocó el sector de los ardores de estómago, que son psicosomáticos, así que imagínense la intensidad con tres almas en lugar de una. A veces, cuando el director comercial está descuidado, subo clandestinamente hasta los ojos, y me paso el día mirando cuerpos. Las almas ya no me motivan. Vista una, vistas todas, aunque sean políglotas. Ahora creo que hice un mal trato con el diablo, pero es que yo nunca he sabido venderme.

LA CARPETA VERDE

Hace años trabajé en una especie de gestoría, donde había un oficial de segunda muy demacrado y con las uñas llenas de nicotina. Un día telefoneó desde una pensión de la calle de Atocha y me dijo que acababa de abandonar a su mujer, de manera que no tenía ánimos para presentarse en la oficina.

—Dile al director que me he puesto enfermo —añadió.

Me pidió también que me acercara a la casa de la viuda (así se refirió a su esposa) y metiera en una maleta sus camisas y una carpeta verde, de gomas, en cuya cubierta ponía «Correspondencia».

—Lo guardas todo en la oficina —dijo—, y en un par de días, cuando me organice un poco, paso a recogerlo.

No pude negarme, aunque me pareció un encargo algo siniestro, así que a la hora de comer tomé el metro en Núñez de Balboa, que me llevó directo a Callao. Vivía en una casa sin ascensor de la calle Preciados, muy antigua, con el portal de madera y el espacio lleno de ecos, de fantasmas quizá, yo era muy miedoso en aquella época. En el primer piso había dos hostales y en el tercero tres viviendas con mal aspecto. Llamé a la suya y me abrió una rubia sucia, con una bata muy ligera, aunque larga, masticando una corteza de pan.

—Soy amigo de Sergio —dije—, me ha encargado que le recoja unas cosas.

La mujer me guió hasta un dormitorio con la cama deshecha, sobre la que había una maleta abierta llena de ropa de hombre colocada de cualquier manera.

—Es toda tuya. ¿Dónde se ha metido Sergio?

—Creo que está en una pensión de Atocha —dije acercándome a la maleta para cerrarla.

—Pues dile que se pudra.

—De su parte.

Arrastré el bulto por el pasillo, pero de pronto me acordé de la carpeta verde, con gomas, donde ponía «Correspondencia».

—Tengo que llevarme también una carpeta.

La rubia se perdió en las profundidades del pasillo y volvió con una especie de víscera de cartón que tomé con la mano libre. Ya en la calle, me di cuenta de que había tenido noticia en poco tiempo de todo lo que detestaba en la vida: las pensiones del casco antiguo y las peleas matrimoniales. En esa casa no había reinado la paz conyugal un solo día. Yo había llegado a Madrid a triunfar, no a ver aquellos espectáculos que me ponían tan mal cuerpo. Eso es lo que me dije en el metro, de vuelta a la oficina, con las dos manos ocupadas y el sudor estropeándome el cuello de la única camisa decente que tenía.

Metí la maleta en un archivo metálico, fuera de uso, y guardé la carpeta verde en un cajón de mi escritorio. Por la tarde, me llamó el director y estuve despachando con él asuntos de rutina. Preguntó si sabía algo nuevo de Sergio y le dije que no. Había mucha gripe y aceptó que tardaría dos o tres días en venir.

—Siempre se pone enfermo a fin de mes, cuando hay que preparar las nóminas.

Le prometí que yo me encargaría y volví a mi mesa. Los días eran muy cortos y a eso de las cinco y media empezó a oscurecer. Entonces llamó Sergio y le dije que estaba todo arreglado.

—¿Y la carpeta verde también? —preguntó con cierta urgencia.

—También, no te preocupes.

Después de colgar me entró una tristeza incontenible. Al fin y al cabo, yo también formaba parte de aquellas vidas agrietadas. Si no llevaba cuidado, acabaría en una pensión, abrazado a un paquete de cartas de amor. Dije cartas de amor porque eso es lo que imaginaba que habría en la carpeta verde. En cierto modo, tenía derecho a leerlas, para hacer frente a los avatares de mi propia vida.

Un poco avergonzado, pues, saqué la carpeta del cajón y la abrí. Tenía algo de sarcófago, con sus manchas de humedad y papeles muertos o agonizando por todos los lados. Lo que más me sorprendió es que no vi sobres con direcciones escritas a mano, como era de esperar de una correspondencia íntima. Todas las cartas eran del banco y de la compañía del gas o de la luz. La más personal era una felicitación por su cumpleaños del director de unos grandes almacenes. Y estaba falsamente manuscrita. Sobrecogido, lo guardé todo en su sitio y metí la carpeta dentro de la maleta. A la semana siguiente, cuando Sergio volvió, me despedí de la oficina decidido a probar suerte en otra actividad.

JORGE Y MARUJA

Pagué la comida con la tarjeta de crédito y el camarero me devolvió equivocadamente la de una mujer, una tal Maruja Contreras, que cuando quise localizar ya había salido del restaurante con la mía. No hice nada por arreglar la situación. Pensé que ya se encargaría ella, o que el asunto se resolvería solo. Atravesaba una época de odio a los trámites y no medí bien las consecuencias. Entre tanto, iba a todas partes con la tarjeta de crédito extraña en la cartera, como una identidad falsa, una prótesis, hasta que al tercer día me animé a utilizarla en otro restaurante de la calle Velázquez. Nadie advirtió, pese a mi barba, que era muy improbable que me llamara Maruja, lo que me animó a continuar empleándola, aunque sin abusar, con la misma liberalidad o avaricia, según se mire, con que habría utilizado la propia. Quizá me excedí en una corbata absurda, de primavera, con demasiados colores, un detalle poco austero para mi carácter que no me habría atrevido a perpetrar en mi personalidad de Jorge, que es como en realidad me llamo, Jorge Contreras: tengo el mismo apellido que Maruja, de ahí la confusión del camarero.

Al mes, recibí la habitual lista de gastos de mi tarjeta de crédito y me sorprendió comprobar que tampoco Maruja había derrochado mi dinero: Cinco o seis restaurantes (todos bastante caros, eso sí), alguna tienda de ropa, un supermercado, y un par de librerías. Tal vez una relación de gastos no sea una cosa muy íntima, pero mi sensación, mientras la revisaba, era la de observar a Maruja por el ojo de la cerradura. Ignoraba cómo era su aspecto (no me había dado tiempo a verla) ni qué edad tenía, aunque mientras revisaba las fechas de las compras y los establecimientos, podía rehacer sus itinerarios. Un día entró en tres comercios diferentes de la calle de Velázquez y en una librería de Juan Bravo, donde se gastó más de cien euros en literatura. Eso me humilló un poco, la verdad. Pensé que quizá quería hacerse la culta, o hacerme el culto a mí, si consideramos que todo lo suyo lo pagaba yo.

Por otra parte, cuando intentaba imaginar a la mujer revisando la cuenta de gastos de su tarjeta para averiguar mis hábitos de consumo, crecía la humillación, pues éstos eran más bien convencionales. Siempre he aspirado a leer *El Quijote* y a escuchar ópera, pero finalmente escuché *El Quijote* (por capítulos, en la radio) y leí un folleto sobre ópera para poder opinar en público. Todo al revés.

Empecé a esperar ansioso las cartas del banco y luego analizaba minuciosamente cada objeto adquirido por Maruja. A veces iba a las tiendas en las que los había comprado para pisar el mismo suelo que ella, y tomar en mis manos los objetos que quizá también habían estado entre las suyas. Durante todo este tiempo, Maruja fue modificando sutilmente sus costumbres. Creo que se volvió más detallista, y en las últimas semanas no era raro que adquiriera flores o prendedores del pelo. Me gustaba imaginar que hacía todo eso para seducirme y comencé a comprar también como si ella me observara, oculta, desde algún rincón de los establecimientos. Adquirí una colección de discos de música clásica y una pequeña biblioteca de títulos fundamentales, aunque todavía no he leído *El Quijote.* A veces compraba también ropa interior de mujer para que ella pensara que era un hombre dotado de esa clase de sensibilidad. Fue en lo que más dinero me gasté, pero lo compensaba comiendo menos fuera de casa.

Podríamos habernos pasado así la vida, intercambiando nuestras facturas como si fueran besos, o caricias. Hasta me quité la barba con la idea fantástica de que de ese modo me parecía más a Maruja Contreras. Pero un día fui a pagar unas braguitas y aunque nadie se atrevió a decirme que yo no fuera ella, me indicaron que la tarjeta estaba caducada. Y era verdad. Jamás pensé que una historia de amor tan extraordinaria pudiera terminar por un problema que hasta ese día creí que sólo afectaba a los yogures. Aunque tampoco quiero engañarme con respecto a eso: quizá la existencia no dé más de sí.

Al poco, debió de caducar también la mía, porque recibí una nueva del banco, que como es lógico estaba ya a nombre de Jorge Contreras. Pero no la uso. Ese individuo nada tiene que ver conmigo. Yo me siento más Maruja, sin que ello implique un cambio en mi orientación sexual o algo por el estilo. Quiero decir que lo poco que yo tenía de valor se lo quedó ella con mi tarjeta caducada. Soy un cuerpo vacío, un traje colgado de una percha en una casa sin dueño. Quizá haya llegado el momento de leer *El Quijote.*

EL DESAPARECIDO

Vi en la marquesina del autobús la fotografía de un anciano que se había perdido. Estaba en el mismo lugar donde una semana antes habían puesto la de un perro extraviado. En mi barrio desaparecen tantos ancianos como perros. Los anuncian en los quioscos de periódicos, en las marquesinas, y también en las farolas. A veces piensa uno que se fugan juntos los perros y los ancianos. Y también se evaporan los jóvenes. Sobre todo las chicas. Desaparecida, quince años, vestía pantalón vaquero y sudadera azul. En el escaparate de la panadería hay siempre un anuncio de desaparecida que te mira desde una fotografía mala, a veces de fotomatón, y uno baja los ojos porque resulta muy difícil mantener la mirada a una desaparecida adolescente.

Me quedé con los rasgos del anciano pensando que sería emocionante tropezar con él y dar una alegría a la familia. Ya en el autobús, me fijé en un señor mayor que llevaba un *HOLA* en las manos. Era un *HOLA* manoseado, como si procediera de una papelera o de un contenedor de basura: no formaba evidentemente parte de sus hábitos lectores. Aunque no era mi anciano, me dediqué a observarlo y vi que antes de bajarse en la Castellana extraía un peine de una bolsa de plástico (en cuyo interior advertí también la existencia de una toalla pequeña) y se ordenaba unas hebras blancas que le crecían desordenadamente junto a las orejas. Deduje que era un hombre sin casa. Un mendigo. Sin duda, había dormido en algún portal de mi barrio y ahora se dirigía a pedir limosna al centro.

Bajé tras él, pues era muy pronto, con la idea de dar un paseo hasta la oficina, pero el anciano cogió en seguida un rumbo diferente al mío. Una vida misteriosa, pensé, tal vez ahora se pondría a pedir limosna en un semáforo, o tal vez se presentara en casa de una hija que le invitaría a desayunar de mala gana. Quizá era un anciano perdido cuya fotografía estaría pegada en las marquesinas de otro barrio. Tomé un café por ahí y llegué a las nueve menos diez al despacho. Le conté a mi compañero lo del anciano extraviado.

—Ahora me voy fijando en todos los ancianos, pero supongo que es imposible dar con él, sería una casualidad excesiva.

—No te creas —dijo—. Hay una empresa que se dedica a buscar coches robados. Publican las matrículas y ofrecen una gratificación a la gente que los encuentre. Yo mismo, durante una temporada, me fijaba en las matrículas de los coches mientras venía a trabajar y tuve la suerte de encontrar dos coches desaparecidos en un mes. Es una cuestión de suerte. Claro que los viejos no llevan matrícula, je, je.

No se me había ocurrido que también los coches desaparecían. Coches, perros, ancianos, adolescentes. Sólo las personas de mediana edad, como yo, no desaparecían ni a tiros. Personalmente, no había desaparecido nunca. Intenté pensar en mí como en un desaparecido, calculando el hueco que mi ausencia provocaría en la vida de los otros. Un hueco pequeño, una especie de respiradero, que en seguida se rellenaría de otras cosas (perros, coches, personas), mientras mi volumen se movería por barrios alejados del mío. Me imaginaba yendo en un autobús que nunca hubiera tomado antes. Un autobús que realizara un trayecto completamente desconocido. Me veía con una bolsa de plástico en la que había ido almacenando las pertenencias de mi nueva vida: un peine, desde luego, una toalla que no abultara mucho. Quizá un *HOLA*. Pero el *HOLA* lo tendría que recoger de la basura. Me pareció paradójico que una publicación tan satinada pudiera aparecer en la basura, con todos esos reyes y príncipes y banqueros dentro de ella. Me imaginaba leyéndola, como descifrando mensajes de otra dimensión. Mi mujer compra esa revista. Le da vergüenza confesarlo y siempre dice que la ha cogido de casa de una amiga, pero yo sé que no. A veces la hojeo y me pregunto qué tenemos que ver nosotros con toda esa gente que produce noticias absurdas cuyo éxito sin embargo es universal.

Pensé que cuando yo desapareciera me acordaría de mi mujer cada vez que sacara un *HOLA* de la papelera y me conmoví estúpidamente. Luego, por la noche, después de cenar, estuve a punto de contarle lo del anciano extraviado, pero ella encendió la televisión en seguida y no me pareció bien interrumpirla. Más tarde, en la cama, se puso a leer el *HOLA* que había en la mesilla y me di cuenta de que la quería, de que la quería mucho, pero tampoco encontré el momento de decírselo.

EL COJO CONTRARIADO

Harto de dar vueltas al párking del Híper sin encontrar un solo hueco libre, me metí en una plaza reservada a los minusválidos. Pero no había acabado de poner la barra de seguridad cuando advertí que un vigilante observaba mis movimientos a tres o cuatro metros de distancia. Salí del coche haciéndome el cojo y atravesé aquella despiadada superficie renqueando de la pierna derecha. De vez en cuando volvía la cabeza para ver si el vigilante había cambiado de sospechoso, pero no. Es más, cuando estaba llegando a la puerta del establecimiento, comprendí que se disponía a seguirme, por lo que no tuve más remedio que continuar disimulando.

Advertí en seguida que había escogido una cojera muy incómoda, pues al rato comenzó a dolerme el muslo una barbaridad. Temiendo que me diera un calambre, en el pasillo de las pastas cambié de pierna, para descansar. Al principio fue un alivio cojear del lado izquierdo, pero cuando llegué a la zona del aceite ya estaba hecho polvo otra vez. Miré alrededor y no vi al vigilante, de modo que me puse a caminar normalmente, siempre atento a la aparición del uniformado, por si tuviera que recuperar la minusvalía de repente.

En la pescadería pensé que quizá un minusválido de verdad estuviera dando vueltas al párking sin encontrar dónde dejar el coche y me dio un ataque de culpa, de modo que comencé a cojear de nuevo, en esta ocasión como penitencia. Entonces pasé por una sección donde vendían bastones y compré uno muy barato con una cabeza de perro en el puño. Ahora daba gusto cojear. Elegí además una cojera más elegante que la anterior y me sentía tan bien que llegué a preguntarme si no sería un cojo obligado a caminar bien por las presiones del entorno, del mismo modo que muchos zurdos escriben con la derecha a causa de la presión ambiental. Lo único complicado era conducir el carrito con una sola mano, pero también a eso, cuando hube recorrido un kilómetro o dos de pasillos, me acostumbré sin dificultad. Al doblar la esquina de las especias vi, de espaldas, al vigilante que me había estado persiguiendo y esta vez fui yo el que buscó pasar por delante de él para que no le quedaran dudas sobre mi situación.

Al día siguiente me presenté con el bastón en la oficina y anuncié que me había vuelto cojo. Muchos se rieron, pero a los dos o tres días ya estaban acostumbrados. Era tanta la facilidad con la que me desenvolvía que telefoneé a mi madre.

—Mamá, dime una cosa, ¿soy cojo?

Percibí en seguida que titubeaba porque tosió un par de veces. Siempre que duda tose. Luego la escuché hablar con mi padre.

—Es el niño —dijo—, creo que se ha dado cuenta de que es cojo.

—Pues dile la verdad de una vez —oí gritar a mi

padre—. Tiene casi cincuenta años. Ya va siendo hora de que se haga cargo de sus problemas.

Mi madre regresó al teléfono y dijo que no era un tema para discutir por teléfono y que preferiría que fuera a comer al día siguiente a su casa para hablar tranquilamente del asunto. Pero insistí tanto que al final dijo que sí, que era cojo, y se echó a llorar.

—¿Y por qué me lo habéis ocultado todos estos años?

—Para que no sufrieras, hijo.

—Pero si lo que me costaba era andar bien, mamá. Desde que cojeo se me han quitado los dolores de espalda y el insomnio. Y además aparco en el Híper sin problemas.

Mi madre se alegró mucho de todo lo que le decía, pero me pidió que no lo hiciera público.

—En la familia no lo sabe nadie.

—¿Y qué, si se enteran?

—No sé, hijo. Hazlo por mí.

A la semana siguiente se casaba una prima mía y tuve que hacer como que no era cojo de nuevo. Lo malo es que entre los invitados del novio estaba el vigilante del Híper, que me miró con mala cara.

—Soy cojo —le dije en un momento en el que coincidimos cerca del jamón—, pero mi madre es una mujer obsesionada con las apariencias y en las reuniones familiares me obliga a disimular.

No sirvió de nada. El sábado siguiente, en el Híper, iba a aparcar como siempre en el espacio reservado a minusválidos, y apareció él blandiendo la porra. No aparqué, claro, pero de todos modos hice la compra cojeando.

EL DISCUTIDOR

Viajo mucho solo. O eso me gustaría, viajar solo, porque lo cierto es que nada más meterme en el coche me pongo a discutir con alguien imaginario que se coloca en el asiento de al lado. Ayer, sin ir más lejos, tuve una bronca imaginaria con mi mujer. Se empeñó en que para coger Juan Bravo era mejor bajar por Príncipe de Vergara y girar a la izquierda. Yo le dije que en ese cruce estaba prohibido girar a la izquierda y se rió de mí.

—Parece mentira —dijo— que te pases el día en el coche y todavía no conozcas las calles.

Fui por donde ella dijo para fastidiarme a mí mismo y echarle luego en cara el ardor de estómago, pero cuando llegamos a Juan Bravo y empecé a dar gritos, mi mujer había desaparecido y en su lugar estaba sentado mi jefe. Dijo que mi rendimiento había bajado mucho últimamente y que de continuar así las cosas tendría que tomar medidas.

—¿Adónde vas ahora? —preguntó.

Le dije que a ver a un cliente de Juan Bravo y se echó las manos a la cabeza.

—¿Pero todavía no sabes que en Príncipe de Vergara no se puede girar a la izquierda? ¿En dónde tienes la cabeza?

No era cuestión de decirle que había tomado ese camino por culpa de mi mujer, de modo que me justifiqué diciendo que tenía la costumbre de tomar café en un bar que había dos calles más allá.

—Muchos cafés te tomas tú —me reprochó—. En el trabajo de calle hay que saber planificarse bien, y más en una ciudad como ésta. Ahora entiendo por qué te cunde tan poco la jornada.

Aquello me llegó al alma, porque lo cierto es que hago más visitas que la media de mis compañeros. Así se lo dije con cierta irritación.

—Pues hago más visitas que la media.

—Pero con pocos resultados.

No sirvió de nada que le recordara que en el ejercicio anterior había cubierto los objetivos de ventas de todo el año a mediados de septiembre. Ni que este mes había cerrado ya una operación de más de dos millones. Estaba decidido a fastidiarme y continuó poniendo peros a mi gestión. Quizá en otras circunstancias me habría contenido, pero como ya estaba muy irritado por la discusión imaginaria mantenida antes con mi esposa, le mandé a freír espárragos.

—¿Sabes lo que te digo? Que te vayas a freír espárragos.

No ignoraba que al día siguiente había una reunión al más alto nivel para nombrar al nuevo jefe de área, pues el anterior acababa de fallecer. Sabía también que yo era uno de los candidatos a ocupar ese puesto. Deduje que mi jefe esperaba un ejercicio de sumisión, pues en mi empresa prefieren los temperamentos sumisos a los buenos profesionales. Pero no me pude contener, así que eché por la borda el ascenso, la subida de sueldo, todo. Cuando volví el rostro para disculparme, mi jefe se había esfumado y en su lugar estaba sentada de nuevo mi mujer. A todo esto, había llegado a Alcalá, donde no se me había perdido nada. Cuando discuto, pierdo la orientación.

—Estarás contenta —le dije—. Me he jugado el ascenso por tu culpa.

—¿Qué ascenso, qué culpa, de qué hablas?

Le expliqué que me había irritado tanto su empeño en que fuera por Príncipe de Vergara que luego había descargado el mal humor en mi jefe.

—Tú eres tonto —respondió con desprecio y comenzamos a discutir de nuevo.

Lo curioso es que no estoy casado, ni trabajo en ningún sitio. Ni siquiera tengo coche. Pero estoy poseído por un temperamento discutidor fuera de lo común. Me paso la vida peleándome con gente imaginaria, como si no me bastaran las trifulcas que tengo con mi madre. Además de eso, no vivo en Madrid, sino en Palencia. Pero cuando llego a casa, cojo un plano de la capital, me meto en un coche imaginario —un Seat Toledo con cambio automático— y mientras voy de aquí para allá discuto con mi mujer, con mi jefe, con los guardias... Trato de imitar a la gente, pero no me sale, porque en el fondo tengo buen carácter. Por mi gusto, abandonaría a mi madre, y me iría a Madrid para tener una vida de verdad. Pero también mi madre es imaginaria y no soy capaz de dejarla sola en esas condiciones.

Y LLOVÍA Y LLOVÍA

Cuando sonó el despertador, yo estaba durmiendo sobre el costado derecho. Debía de llevar toda la noche en esa postura, pues noté que las vísceras se me habían desplazado hacia ese lado. Hasta la lengua se me había caído por efecto de la gravedad, como cuando vuelcas una caja de lápices y una parte de la caja se queda vacía. Una parte de mi cuerpo estaba completamente desocupada, mientras que los dos pulmones, y los dos riñones, y el hígado, el páncreas, todo, se agolpaba en el flanco derecho. Lo primero que pensé, claro, fue que se trataba de una sugestión. Los órganos están sujetos a las paredes del cuerpo por sistemas muy sofisticados. No era posible aquel desplazamiento interior. Oí levantarse a mi mujer y me hice el dormido. Todavía no había abierto los ojos. Por la radio decían que había un atasco en la M-30 y otro en la Castellana. Que llovía y llovía.

Cuando sentí que mi mujer se encerraba en el cuarto de baño, me di la vuelta, colocándome boca arriba para que las vísceras regresaran a su posición original, pero sólo volvió el pulmón izquierdo. Y la lengua. Los demás órganos permanecieron atascados por alguna razón incomprensible. Me puse luego del costado izquierdo, para ver si un exceso de gravedad los obligaba a regresar a su sitio, pero todo continuó igual. Me incorporé perplejo y me senté en el borde de la cama. Por la radio decían que una taxista había dado a luz dentro del coche ayudada por el pasajero, aunque normalmente sucedía al revés: era la pasajera la que daba a luz ayudada por el taxista. Recomendaban no circular por la M-40 entre dos tramos que no cogí, pues se había volcado un camión lleno de cerdos y llovía y llovía.

Mi mujer abandonó el cuarto de baño, regresó al dormitorio y preguntó si me pasaba algo. Le dije que no, nada. Me pareció que los síntomas de que disponía esa mañana no eran muy verosímiles. Esperé a que saliera de la habitación y, al levantarme, me caí del lado derecho, pues todo el peso de mi cuerpo, excepto el de los pulmones, que prácticamente están hechos de aire, se encontraba en ese lado. Me levanté otra vez y llegué con gran esfuerzo al cuarto de baño, donde realicé unos ejercicios de equilibrio para ver si era posible disimular aquella nueva enfermedad, o lo que quiera que fuese. Se me ocurrió una idea. Mi mujer es aficionada al buceo y guarda en el armario un cinturón de plomo que se lleva cuando vamos al mar. Lo tomé y me lo enrollé en la pierna izquierda tapándolo con la pernera del pantalón. Intenté andar así y vi que no tenía que esforzarme tanto por mantener el equilibrio. Decidí no desayunar para no añadir más peso al estómago, que estaba en el lado derecho. Mi mujer se dio cuenta, pero ya no me preguntó nada por miedo a que le hablara de una nueva enfermedad. Detesta mis enfermedades, mis síntomas. Cree que los tengo para fastidiarla a ella, aunque cuando éramos novios le hacían mucha gracia. En el autobús, y pese al contrapeso, me caí dos veces al ir a cogerme a la barra con la mano izquierda.

Encendí el primer cigarrillo en la oficina, para ver qué pasaba, pero no pasó nada. El humo llegó con naturalidad a los pulmones, aunque no sentí en el estómago esa punzada característica del primer cigarrillo. De súbito, me di cuenta de que no tenía estómago. Cuando presté más atención, me pareció que tampoco tenía hígado ni riñones, ni páncreas, ni nada de nada. De súbito me había quedado vacío, con los pulmones, tan aéreos, en el medio del pecho. Me incorporé para hacer frente a la acometida de terror y me caí del lado izquierdo por culpa del cinturón de plomo. Afortunadamente, no había nadie en el despacho en ese instante. Me quité, pues, el cinturón, y anduve de un lado a otro del despacho con una ligereza sorprendente. Los zapatos me parecían pesadísimos. Tuve que colocarme de nuevo el cinturón de plomo, esta vez en su sitio, para no levitar por los pasillos cuando salí a hacer fotocopias.

Por la noche, mi mujer vio el cinturón de plomo fuera de su sitio y preguntó qué hacía allí. Dije que yo no lo había tocado, pero me puse rojo al mismo tiempo, por lo que se dio cuenta de que mentía. Quizá pensó que tenía alguna perversión sexual que practicaba con ese cinturón. Ya en la cama, decidí que al día siguiente me levantaría con la fantasía de que me faltaba el brazo izquierdo, a ver qué tal se me daba la cosa. Nos dormimos con la radio puesta y antes de perder la conciencia oí que en la plaza de Castilla se había abierto un socavón por el que se habían colado cuatro coches y llovía y llovía.

LAS ROPAS DEL DIFUNTO

La viuda no había querido desprenderse inmediatamente de la ropa de su marido muerto, pero a los pocos meses, cada vez que abría el armario y contemplaba sus chaquetas, sus camisas, sus corbatas, junto a las blusas y las faldas de ella misma, comenzó a pesarle no haber tomado la decisión al principio.

Ahora tenía un armario viudo que contaminaba todo cuanto entraba y salía de él. Había conseguido que el difunto continuara vivo en su memoria, pero al precio de que ella hubiera, en cierto modo, fallecido también. Su ropa interior olía a funeral, y la cama de matrimonio parecía más bien un catafalco.

Dormía de cuerpo presente, por decirlo rápido, y tiritaba entre las mantas como arropada por una sábana de mármol. No sin culpa, probó a regalarle una chaqueta al portero de la vivienda para desprenderse poco a poco de las pertenencias del muerto, pero eso no mejoró las cosas. Cada vez que bajaba las escaleras y veía al hombre de espaldas le parecía que el portal se había transformado en una funeraria. Pensó en cambiar de casa, pero le daba pereza y prefirió resignarse a esa forma de vida atenuada.

Entonces conoció a un viudo con el que empezó a salir. Era un hombre agradable, educado, alto, que vestía muy bien, aunque sus ropas desprendían también un halo mortuorio. Un día comprendió que el hombre había cometido el mismo error que ella con las prendas de su difunta y se lo dijo:

—Seguro que todavía tienes en el armario la ropa de tu mujer.

—¿Por qué lo dices? —preguntó él poniéndose en guardia, pues creyó que se trataba del reproche de una enamorada.

—Porque hueles a viudo igual que yo a viuda. Nunca lograremos desprendernos de ese olor. Nunca seremos felices si no nos desprendemos de ese olor.

Durante los siguientes días pensaron en diversas soluciones. Regalar la ropa después de tanto tiempo les pareció siniestro. Era en cierto modo como regalar el cadáver. Las ropas de los muertos hay que regalarlas antes de que el cuerpo se enfríe. Después se convierten en sudarios.

No hay nada más triste que un traje muerto, se dijeron un día en el que colocaron sobre la cama de ella las prendas de su marido fallecido para hacer sitio en el armario. Daba la impresión de que las chaquetas se habían quedado sin aire antes de expirar. Llamó a la parroquia, pero cuando el cura vio el panorama dijo que no podía aceptar aquellas mortajas. Una cosa era dar ropa usada a los pobres y otra darles mortajas.

Ella lloró y lloró, pues comprendía que no podría rehacer su vida mientras no se desprendiera de todo aquello.

Finalmente, al viudo se le ocurrió que podían llevar todo el vestuario al tinte, para que lo limpiaran, y abandonarlo allí. A ella le pareció bien y así lo hicieron. Es cierto que el hueco dejado en los armarios por la ropa tenía al principio algo de caries, de melladura, pero poco a poco el agujero se fue rellenando con las ropas de los vivos, que empezaron a volver de entre los muertos para reintegrarse a la vida y a las cafeterías. El viudo y la viuda no llegaron a formalizar su relación, pero se veían todas las tardes y tomaban tortitas con nata. Los domingos comían juntos, bien en casa de ella o en la de él. Adquirieron la costumbre de que cada uno cocinara cuando se encontrara en la casa del otro y pagaban el cine a medias. Nunca hablaron del tinte, ni de las ropas abandonadas en él del mismo modo que se abandona a un niño no querido en un portal.

Un día estaban en una cafetería, esperando que les sirvieran el café y las tortitas, cuando ella le pidió que se fijara en el individuo de la mesa de al lado.

—Lleva una chaqueta de mi marido.

—Será igual que la de tu marido, mujer —respondió él.

—No, no, la reconozco porque tiene partido un botón de la manga, ¿no lo ves? Y el bolsillo en el que se metía las llaves está dado de sí.

El viudo observó con aprensión la chaqueta del sujeto de la mesa de al lado y no se sintió con fuerzas para llevarle la contraria. Él mismo tuvo que reconocer íntimamente que desde hacía tiempo miraba a todas las mujeres esperando encontrar a alguna vestida con la ropa de su difunta esposa.

Entonces comprendió que aquella relación no tenía futuro y al despedirse le dio un beso a la viuda de un modo especial y no volvió a llamarla. Tampoco ella a él.

LA CHICA DE LA TELE

En la esquina de López de Hoyos con Príncipe de Vergara había una pareja discutiendo. Ella lloraba y cuanto más lloraba ella, más agresivo se ponía él. Me acerqué con disimulo deteniéndome frente al escaparate de una tienda de muebles. Entonces la mujer dijo:

—Pues si quieres, lo metemos en mi maletero.

No comprendí a qué se refería, pero la voz me sonó familiar y me di cuenta de que se trataba de la chica del telediario. Era un poco más delgada que en la pantalla y su voz tenía un registro agudo que en la televisión tampoco se advertía, pero no hay que olvidar que estaba excitada por el asunto del maletero. Entonces, él advirtió mi presencia y continuaron andando un poco más contenidos los dos.

Al día siguiente, cuando empezaron las noticias, me fijé en la chica y advertí que había llorado. Un espectador menos atento, o que no hubiera asistido a la pelea del día anterior, no se habría dado cuenta, porque el maquillaje era perfecto. Lo más probable era que se hubiera puesto colirio también, para iluminar un poco la pupila. Pero se percibía en el fondo de los ojos un poso de cansancio. Me dio lástima, la verdad.

Durante los siguientes días la observé con atención y comprendí que las cosas entre la chica y el hombre no iban mejor. Tenía mala cara, pese al maquillaje, y no llevaba el pelo tan arreglado como era habitual. Se lo dije a mi mujer:

—Esa chica está muy desmejorada.

Mi mujer levantó la cabeza de la revista y dijo que ella no le había notado nada.

—¿Cómo que no le has notado nada? Si salta a la vista. ¿No ves que acaba de llorar?

—Qué va a haber llorado. Además, ahora hay colirios y enjuagues que disimulan los disgustos. Puedes llorar todo lo que quieras sin que nadie se entere.

Como vi que se había propuesto llevarme la contraria, la dejé volver a su revista y continué observando a la chica. Si yo fuese su padre, pensé, hablaría con el hombre ese que le daba tantos disgustos. Y le exigiría que utilizara su propio maletero. No es raro que estas mujeres que salen en la tele acaben liadas con individuos malos, que se aprovechan de su fama para medrar. Por otra parte, hay gente que lleva los maleteros llenos de cadáveres. Recé para que la pobre no estuviera implicada en un crimen.

En esto, me dio la impresión de que entre noticia y noticia la chica hacía con la boca un gesto como de pedir socorro.

—Esa chica está pidiendo socorro —dije en voz alta.

—Tú no estás bien de la cabeza —comentó mi mujer.

Durante toda la semana me estuve fijando con detenimiento en cada una de sus expresiones y llegué a la conclusión de que pedía auxilio, sin ningún género de dudas. No sabía qué hacer. Podía llamar a la emisora de televisión, pero quizá tampoco me creyeran.

Esa tarde, me presenté en la esquina de Príncipe de Vergara con López de Hoyos a la misma hora en que los había encontrado la vez anterior. Pensé que quizá la chica viviera por allí y tuviera la suerte de encontrármela. Esperé un cuarto de hora sin que apareciera nadie y, ya resignado, fui dando un paseo hasta el Vips que hace esquina con Velázquez para tomarme una botella de agua mineral. Me senté a la barra, encendí un cigarrillo y al darme la vuelta para echarle un ojo al panorama, los vi sentados a una mesa cercana. Ella llevaba gafas de sol, pese a la oscuridad reinante, lo que era signo evidente de que había vuelto a llorar. Quizá en ese momento estuviera llorando. De súbito, sin embargo, soltó una carcajada. Algunos clientes se volvieron porque no se trataba de una carcajada normal. Quizá estaba intentando llamar la atención. Esperé un poco y al ver que ella se levantaba para ir al servicio me acerqué a la mesa y abordé al hombre.

—Escúchame bien, porque no te lo voy a decir más que una vez, imbécil: si sigues haciendo sufrir a esa chica, vas a encontrarte con problemas. Conozco a mucha gente en la policía, quizá yo mismo sea policía. Y otra cosa: cuando tengas que esconder un muerto, hazlo en el maletero de tu propio coche.

Comprendí por su expresión que había dado en el clavo y salí a la calle antes de que ella volviera del servicio. Al día siguiente, vi el telediario con atención y me di cuenta de que la chica tenía una mirada especial, como si intentara darme las gracias. Se lo conté a mi mujer, pero no me escuchó.

UN RARO BIENESTAR

En la puerta de unos grandes almacenes de la Gran Vía había un tenderete en el que vendían relojes a seis euros. Me acerqué a echarles un ojo, colocándome al lado de una señora y un niño (su hijo, supuse) de unos nueve o diez años. La señora decía en ese instante:

—Si no eres capaz de escoger uno ya, nos vamos ahora mismo. Estoy harta de esperar.

El niño metía la mano en el conjunto con expresión de angustia y sacaba un reloj con la esfera llena de informaciones que no tenían nada que ver con la hora.

—Pues vaya porquería que has ido a elegir —decía la madre—. ¿No te gusta más éste?

La señora había escogido otro reloj que tampoco servía para dar la hora, pero cuya correa parecía de metal. El niño lo miraba y dudaba entre el que le proponía su madre y un tercer reloj completamente negro, como de caucho, que quizá sirviera para tomarse la temperatura, porque yo no conseguí verle la hora. A todos los relojes les buscaba la hora con la obsesión con la que otros le buscan los tres pies al gato, pero no lograba vérsela. Tampoco le he visto nunca los tres pies al gato. Todos los gatos que conozco tienen cinco o seis.

Al ver la madre que el niño no elegía el reloj que ella había propuesto, volvía a decir aquello de que se iban sin ninguno. La escena duró casi veinte minutos y al final el niño, completamente desasosegado, eligió el reloj que le gustaba a su madre.

Lo grave es que se creyó que le gustaba a él, o eso me pareció a mí. Odié a la madre aquella como si fuera la mía y cuando se alejaron unos pasos compré el reloj que le gustaba al niño. Luego me metí en el metro detrás de ellos y aproveché uno de los movimientos del vagón para introducirle el reloj al niño en el bolsillo sin que se dieran cuenta ni la madre ni él.

Esa noche dormí mejor. Las buenas acciones siempre me producen un raro bienestar. Por eso hago pocas: porque el bienestar es raro y me quita de escribir. Cuando soy feliz, odio escribir, que es lo que más me gusta. Se ve que no es posible ser feliz y hacer lo que a uno le gusta al mismo tiempo. Ésta es una contradicción que la filosofía no ha estudiado suficientemente. No sé quién decía que la gente suele triunfar en lo segundo para lo que está más capacitada, porque para triunfar en lo primero hay que alcanzar niveles de desgracia verdaderamente insuperables.

Fíjense en Salinger, del que hemos averiguado, gracias a la biografía de su hija (cría cuervos), que escribía tan bien porque se purificaba bebiendo su propia orina. Y todo eso antes de que se hubiera descubierto la urinoterapia y se legalizara, en consecuencia, la lluvia dorada.

Al día siguiente volví a pasar por la puerta de los grandes almacenes a la misma hora, y me sorprendió ver al niño y a la madre frente al tenderete. Me acerqué en el momento en el que la madre daba un pescozón al niño al tiempo que decía:

—Devuelve ese reloj ahora mismo.

El niño sacó el reloj que yo le había metido en el bolsillo y se lo entregó avergonzado a la dependienta.

—Pero yo no lo he robado —dijo—, lo encontré en mi bolsillo.

—Miente con el mismo descaro que su padre —dijo la madre desesperada.

Una vez devuelto el reloj a la empleada atónita, madre e hijo se fueron y yo volví a comprarlo.

—Es la segunda vez que lo compro —dije a la dependienta, que no supo qué responder.

Me lo llevé a casa y se lo regalé a un vecino de nueve años al que le gustó mucho porque no servía para dar la hora. Le dije que lo cuidase, porque me había costado el doble de lo que valía y el niño me dio la razón para perderme de vista cuanto antes.

Esa noche iba a quedarme dormido, presa de un raro bienestar, cuando me di cuenta de que la expresión «raro bienestar» era una redundancia. El bienestar siempre es raro. No hay un bienestar normal como no hay una sexualidad normal.

Entonces supe que aquella historia insignificante del reloj que no marcaba las horas permanecería en mi memoria de un modo raro también, como el bienestar del que estaba siendo víctima.

Esa noche dormí tan bien que al día siguiente no fui capaz de escribir ni medio folio. Pero al otro volvió a adueñarse de mí el malestar normal y fui muy feliz porque saqué adelante un par de capítulos.

LOS CAMINOS DEL SEÑOR

Él iba todos los martes a Barcelona por asuntos de la empresa y ella imaginaba que se quedaba allí para siempre. Barcelona era en su fantasía un espacio irreal del que algunas personas no lograban volver. Su marido, sin embargo, volvía y sin haber perdido un ápice de autenticidad. Casi podríamos decir que regresaba más auténtico de lo que se había ido. Los martes, en fin, eran días felices hasta que por la noche escuchaba deslizarse la llave de él en la cerradura.

Aquel martes ella tuvo la premonición de que el avión sufriría un accidente en el que perecerían todos los pasajeros. La tuvo antes de salir de la cama, con un pie en el sueño y otro en la vigilia, y pensó que la idea se le quitaría de la cabeza bajo la ducha, o mientras preparaba el café. Lejos de eso, la sensación de que algo iba a pasar aumentaba a medida que entraba en la vida real. Durante el desayuno estuvo a punto de pedirle que no fuera ese día a Barcelona, pero logró contenerse y lo despidió en la puerta con naturalidad. Él ni siquiera advirtió que le decía adiós de un modo un poco raro, para siempre.

Cuando se quedó sola, encendió la radio y esperó ansiosamente a que dieran la noticia. Tardaron algo más de una hora, pero se había caído un avión, en efecto, y era aquel en el que viajaba su marido. Apagó la radio, como para no darse por enterada todavía, y se puso a hacer las faenas domésticas, esperando que sonara el teléfono de un momento a otro.

A la hora de la comida aún no había recibido ninguna llamada, pero no se preocupó al considerar que la identificación de las víctimas sería muy laboriosa. Lo importante era que se había matado. Comió un tomate con sal y aceite, y se sentó frente al televisor, aunque sin fijarse en el programa, pues estaba planificando una vida fantástica. Vendería la casa, que se encontraba en las afueras, y se iría al centro, para vivir cerca de los cines, de los restaurantes, del bullicio. A su marido nunca le había gustado Madrid, por eso vivían en la periferia. Ella detestaba la periferia. El seguro de vida era muy alto, y se duplicaba en caso de accidente. No tendría problemas para salir adelante. De súbito, le pareció que era relativamente fácil convertir las fantasías en realidad. Lo lamentó un poco por el resto de los pasajeros, pero sin sentirse culpable, pues no podía haberles avisado uno a uno de su premonición. Además no la habrían creído. Las premoniciones estaban muy mal vistas.

A media tarde empezó a inquietarse, pero puso la radio y dijeron que ni siquiera habían comenzado las tareas de identificación. Lo raro, pensó, era que tampoco la hubieran llamado de la empresa de su marido, pero lo achacó a la incompetencia. A las siete se fumó un cigarrillo y se sirvió una copa de vino blanco frío. Llevaba un año sin fumar y sin beber, pero pensó que la ocasión lo merecía.

A las ocho y media, al escuchar un ruido proveniente de la puerta, se asomó al pasillo y vio entrar a su marido con toda naturalidad. Lo primero que pensó fue que se trataba de un aparecido. Muchos muertos no se daban cuenta inmediatamente de que estaban muertos y seguían haciendo las mismas cosas que cuando vivían. «Le diré que está muerto», pensó, «y desaparecerá en seguida».

Al rato se dio cuenta de que no estaba muerto. Al contrario, tenía más vitalidad que por la mañana. Dedujo que los martes no iba a Barcelona, sino que se encontraba con alguna amante en algún sitio muy aislado, pues ni siquiera se había enterado del accidente.

—¿No te has enterado de que tu avión ha tenido un accidente y que estás muerto, cabrón?

—¿Qué dices, mujer?

—Que todavía no te han identificado. ¿Es que no has oído la radio en todo el día?

Él se puso rojo de vergüenza y durante unos instantes dudó si hacerse el aparecido. Pero un aparecido no comía con tanto apetito, de modo que prefirió callar.

—Pues para mí desde ahora estás muerto —dijo ella marchándose a la cama sin ver la televisión.

Él empezó a hacerse desde ese día el muerto y sus relaciones, sorprendentemente, mejoraron lo indecible. Los martes dejó de fingir que iba Barcelona y los pasaban juntos, en la cama, como si fueran amantes clandestinos. Descubrieron la necrofilia los dos al mismo tiempo y hace unos meses conocieron el placer de tener hijos póstumos. Ahora, por fin, son una familia feliz, normal, de las que conoces cada día y de las que te despides cada noche. Los caminos del Señor son inescrutables.

SE VAN A ENTERAR

Le dije al taxista que por favor pusiera la radio y replicó que en la radio no decían más que tonterías. Evité la tentación de demostrarle que yo no era tonto, o que la radio era inteligente. Me limité a repetirle, con corrección, pero con distancia, que hiciera el favor de encenderla. El hombre torció el gesto y apretó el botón. Debía de ser un programa de extraterrestres, porque una mujer aseguraba haber sido poseída por un ser luminoso en el pasillo de su casa.

—Me había agachado —dijo— para limpiar la base del bidé y al incorporarme, en lugar de ver estrellitas, vi una forma humana hecha de filamentos luminosos. Huí hacia el pasillo, donde fui alcanzada por ese extraño ser, que me poseyó fieramente junto al reloj de péndulo.

El taxista me miró a través del espejo con expresión de suficiencia. Yo puse cara de antropólogo, como si estuviera sacando unas conclusiones interesantísimas de todo aquello. Pero a continuación telefoneó al programa un sujeto convencido de que cuando se encerraba en el cuarto de baño se volvía transparente, aunque no podía demostrarlo porque, al abrir la puerta, volvía a hacerse visible.

—Pues entre en el cuarto de baño con alguien —le sugirió la locutora.

—Es que sólo me vuelvo transparente cuando entro solo.

Era muy difícil mantener la expresión de antropólogo escuchando aquellas tonterías, pero hice un esfuerzo y aguanté. El taxista me miraba con lástima y la verdad es que un poco idiota sí había empezado a sentirme.

—¿Le importaría cambiar de emisora, por favor? —dije ahora.

—Pero si da igual la emisora —respondió él—, no dicen más que tonterías en todas partes.

—¿Le importaría cambiar? —insistí entre dientes.

Movió el dial con un desprecio enorme y cogió de casualidad una emisora inglesa, o eso me pareció, porque no sé inglés.

—¿Lo dejo aquí? —preguntó.

—Sí, por favor —respondí poniendo cara de entender lo que decían un hombre y una mujer que se quitaban la palabra todo el rato.

De súbito, el taxista soltó una carcajada, por lo que supuse que sabía inglés y que quizá habían dicho algo gracioso. Yo sonreí con un rictus de condescendencia, como si lo hubiera entendido. Al poco, se volvió y me dijo:

—¿Lo ve como no dicen más que tonterías?

No respondí, pero me dio un ataque de rubor y puse cara de sociólogo, porque a los sociólogos, supongo, les interesan las tonterías de la radio para extraer conclusiones sobre la audiencia. Me sale mejor la cara de antropólogo que la de sociólogo, aunque creo que conseguí engañarle.

Al llegar a un semáforo, el taxista cogió un libro de

la guantera y se puso a leer unas líneas mientras pasaban los peatones. Se trataba de la *Crítica de la razón pura,* de Kant. Cuando volvió a dejarlo en su sitio para arrancar me miró con expresión de superioridad. Intentaba hacerme entender lo humillante que era para un taxista que leía a Kant llevar a un idiota que se embotaba la cabeza con programas de extraterrestres en varios idiomas.

—Leo una media de dos minutos por semáforo —dijo—. ¿Sabe usted cuánto es eso al año?

—No, no lo sé —respondí molesto, como si me estuviera quitando de escuchar lo más interesante de la conversación en inglés.

—Pues el año pasado leí las obras completas de Borges. ¿Sabe usted quién es Borges?

—¿El de los frutos secos? —respondí furioso.

—Ya veo que no sabe quién es, perdone.

Le habría asesinado. Me pareció pueril intentar convencerle de que conocía a Borges, pero no hacerlo era quedar como el idiota por el que me había tomado desde el principio. ¿Qué hacer?

—Apague la radio, por favor —dije.

—¿Precisamente ahora que han empezado a decir cosas inteligentes?

Me bajé allí mismo, entré en una librería, compré un libro acerca de Sócrates y me lo metí en el bolsillo. Tomé otro taxi que llevaba la radio puesta.

—Quite eso, por favor, que no dicen más que tonterías —dije.

El conductor apagó la radio fastidiado, yo abrí el ensayo sobre Sócrates e hice como que leía con expresión anglosajona. Se van a enterar estos taxistas.

LAS PALABRAS DE ELLA

Había discutido otras veces con su marido, pero siempre se quedaba con las ganas de decirle lo que pensaba de él o de mandarle al cuerno. Después de cada una de sus peleas, se arrepentía de no haber hecho acopio de valor para coger la puerta y marcharse de casa. En su fantasía, sin embargo, no dejaba de hacerlo.

—¿Sabes qué te digo? Que me voy.

Y se ponía el abrigo, salía al descansillo, esperaba mordiéndose las uñas a que llegara el ascensor y se iba de casa. Estaba segura de que bastaría con que lo hiciera una sola vez para que su marido se diera cuenta de lo que la necesitaba. Pero la distancia entre la fantasía y la realidad era excesiva para decidirse a dar el salto. Al final le dejaba hablando solo y se metía en la cama poseída por una rabia que, con suerte, se diluía en el sueño.

Aquel día ocurrió algo dentro de su cabeza porque cuando llevaban media hora peleando y al comprender ella que no se trataba de una discusión de trámite, sino de una manifestación de poder por parte de él, abrió la boca y misteriosamente salió la frase que tantas veces había pronunciado en su fantasía.

—¿Sabes qué te digo? Que me voy.

Cogió el abrigo con una expresión idéntica a la imaginada, se lo puso con los mismos movimientos y dio el número de pasos que había dado tantas veces dentro de su cabeza. Cerró la puerta de la casa tras de sí, llamó al ascensor y esperó a que llegara mordiéndose las uñas. Ya en la calle, giró por costumbre a la derecha y se puso a caminar sin preguntarse adónde iba. Eran las once de la noche y había poca gente. Al cabo de media hora de caminar sin rumbo, había menos. Entonces se detuvo y comprendió que no tenía adónde ir. En su fantasía siempre se había detenido en el momento de dar el portazo y llamar al ascensor. Carecía de entrenamiento para llegar más lejos.

Tomó un taxi y se fue al tanatorio de la M-30. Como estaba llorando, pensó que allí llamaría menos la atención. Y no la llamaba, pero tampoco se sentía a gusto en una atmósfera tan fúnebre. Había hecho algo bueno, algo que tenía que hacer para mantener intacta la dignidad y no era forma de celebrarlo pasándose la noche en una capilla ardiente. Entonces oyó, de pasada, una conversación en la que alguien dijo que venía de urgencias, de la Paz. «Urgencias, de la Paz», se dijo a sí misma. Había ido varias veces, cuando los niños eran pequeños, y pensó que no era un mal sitio para pasar la noche. Mejor que el tanatorio, desde luego, o que una estación de trenes o autobuses. Mejor también que el aeropuerto. Una vez había ido al aeropuerto por la noche, para despedir a un familiar, y le pareció más fúnebre, si cabe, que el tanatorio.

Así que tomó otro taxi y se marchó a urgencias. La sala estaba llena de gente. Se puso al lado de una chica joven con un niño en brazos.

—¿Qué le pasa al niño? —preguntó al rato.

—Tiene más de cuarenta y lleva así dos días —respondió con expresión de angustia la chica.

Ella le explicó que los problemas de garganta hacían subir mucho la temperatura, que en los niños pequeños tampoco era tan preocupante. Notó que la chica se fue calmando con sus palabras y cuando la llamaron le dio, al despedirse, un beso. Luego se colocó al lado de una mujer de su edad cuyo hijo había tenido un accidente de moto.

—Lleva más de dos horas ahí dentro —le dijo.

—¿Y aún no le han dicho nada?

—No.

—Eso es buena señal —añadió ella, y fue capaz de explicar por qué era buena señal notando que sus palabras producían un efecto analgésico en la madre del motorista.

Toda la noche fue de una a otra persona aliviando con sus palabras las penas de la gente. De súbito, se dio cuenta de que tenía un don para tranquilizar a los demás que jamás se había sabido aplicar a sí misma. Cuando ya amanecía, volvió a casa. Su marido no se había acostado. Estaba en la cocina fumando y bebiendo café con cara de desesperación. Al verla entrar, endureció sin embargo el gesto.

—No te esfuerces —dijo ella—, esta noche me he dado cuenta de que no puedes vivir sin mí. Y te lo perdono. Anda, vamos a descansar un poco.

Él la siguió dócilmente y se metieron en la cama a la misma hora a la que otros días se levantaban.

LA ASESINA DEL DIVÁN

Mi amiga acudía al psicoanalista los lunes, miércoles y jueves a primera hora de la tarde, antes de regresar a la oficina. Esos días procuraba comer ligero, porque cuando se tumbaba en el diván le daba un sueño que no siempre era capaz de controlar. El psicoanalista tampoco. Un día se quedaron dormidos hasta media tarde, y se despertaron los dos de golpe, aunque hicieron como que no había pasado nada. Durante el tiempo que permaneció dormida, mi amiga soñó que al llegar a la consulta veía sobre la almohada del diván unos pelos rojizos del anterior paciente que se adherían a su nuca durante la sesión, pasando a formar parte de su propio cabello. Durante sucesivas sesiones, siempre dentro del sueño, comprobaba también que el psicoanalista había perdido la costumbre de sacudir la colchoneta del diván entre paciente y paciente, de manera que cuando ella entraba veía la huella del anterior y procuraba adaptarse a ella como a un molde. Así, poco a poco, mi amiga se iba convirtiendo en un hombre pelirrojo que vivía con su madre, a quien odiaba.

Nunca se atrevió a analizar este sueño, aunque desde entonces observaba con aprensión el diván antes de tumbarse. Un día el psicoanalista le preguntó qué hacía.

—Miro si hay pelos del paciente anterior.

—¿Qué le pasa con los pelos?

—No me pasa nada con los pelos, pero no me gustan ni en la sopa ni en el diván.

—¿Por qué asocia la sopa al diván?

—No he asociado nada.

—Ha dicho que no le gustan los pelos ni en la sopa ni en el diván.

El psicoanalista de mi amiga tenía la virtud de sacarla de quicio cuando se ponía insistente.

—Dejemos eso —dijo ella.

—Como usted quiera —respondió el psicoanalista.

Mi amiga se quedó callada, pero rabiosa. Se callaba por rabia, lo que a su vez la enfurecía más, porque había llegado a calcular el precio de la sesión por minuto (1,08 euros) y le parecía que permanecer callada era como tirarlo a la basura.

—Sabe —dijo al fin—, algunos días lo mataría.

El psicoanalista no respondió, de modo que mi amiga continuó desarrollando sus fantasías asesinas:

—Si le pudiera matar con el pensamiento, sólo con el pensamiento, sin necesidad de mover un dedo, seguramente usted estaría muerto hace tiempo. Muchas veces he imaginado esa posibilidad. Usted se muere y yo me voy a otro psicoanalista al que mato también. Siempre me han gustado las películas de asesinos en serie. Del mismo modo que hay asesinos de mendigos y de ingenieros y de prostitutas, yo me especializaría en el asesinato de psicoanalistas. Parece que estoy viendo los titulares de los periódicos: «La asesina del diván ataca de nuevo.»

Mi amiga hablaba y hablaba, cuando de súbito calculó que había llegado la hora sin que el psicoanalista dijera nada. Entonces, volvió la cabeza hacia atrás y vio que estaba muerto. «Dios mío, está muerto, está muerto.» Lo primero que se le ocurrió fue salir corriendo, pero en seguida calculó que tendría un fichero con pacientes o algo parecido y que la policía no tardaría en localizarla. Estaba paralizada por el miedo. Entonces se tumbó de nuevo en el diván, cerró los ojos y se dijo: «Haré como que estoy dormida durante unos minutos y cuando los vuelva a abrir todo esto habrá sido un sueño.»

En efecto, a los pocos minutos, abrió los ojos y oyó la respiración de su psicoanalista.

—No está muerto —dijo con alivio.

—¿Por qué habría de estarlo? —preguntó él—. ¿Ha soñado eso, que se psicoanalizaba con un muerto?

—¿Es que me he quedado dormida?

—Sí, y no es la primera vez. Deberíamos analizar eso.

—Como quiera.

—Pero hoy no, ya es la hora.

Mi amiga se levantó del diván y abandonó la consulta para no regresar jamás. Procuraba no dormir después de comer porque tenía pesadillas de crímenes. Se casó con un pelirrojo con el que coincidía por las noches en el ascensor de su casa y que solía echar una cabezada en el sofá a la hora de la siesta. Cuando se levantaba, dejaba adheridos al cojín de sofá unos pelos rojizos que mi amiga recogía e introducía en la sopa.

ARREPENTIMIENTO

Cuando el hombre subió al tren, yo ya había ocupado mi asiento, junto a la ventanilla. Se detuvo frente a mí, me observó con impertinencia y luego revisó un par de veces su billete, como si no acabara de creerse que le hubiera tocado pasillo. Al darme cuenta de su malestar, le propuse que cambiáramos nuestros lugares, pues a mí me daba lo mismo un sitio u otro. Pero dijo que no, como con miedo a que si aceptaba aquel favor tuviera que darme conversación durante el viaje. Se sentó, pues, de mala gana y abrió el móvil para hablar con alguien —quizá una secretaria— a quien se quejó de que, además de haberle dado pasillo, se encontraba sentado en dirección contraria a la de la marcha del tren. «Esa agencia de viajes es una mierda, no vuelvas a usarla», concluyó antes de colgar y guardar el aparato. Yo, entre tanto, fingía leer un libro. Curiosamente, la actitud del hombre, lejos de irritarme, me producía piedad. Era evidente que se había levantado con mal pie y que andaba buscando situaciones o lugares con los que justificar su desasosiego. A mí también me pasa a veces y luego me detesto por ello, pero no puedo evitarlo. Somos así.

Pidió tres periódicos a las azafatas, pero se limitó a deshojarlos sin leer ninguno. Había una desesperación conmovedora en el modo en que pasaba las páginas. Una vez destrozados los tres periódicos, desarmó sobre la mesa plegable un bolígrafo de oro, observando cada uno de sus componentes con un gesto de decepción algo cómico, como si su mecanismo le pareciera demasiado simple. Luego volvió a armarlo con expresión de superioridad. De vez en cuando bufaba o miraba el reloj, como si estuviera presionado por alguna urgencia. Naturalmente, rechazó el desayuno y le pareció mal que yo lo aceptara por las molestias que suponía para él. Luego permaneció un rato completamente quieto, como si orara, al cabo del cual se inclinó como si le hubiera dado un infarto.

Pero no le había dado un infarto, sino que estaba conteniendo unas ganas inmensas de llorar. Al volverme, vi su ojo derecho de perfil clavado sobre la mesa plegable.

—¿Le ocurre algo? —pregunté con prevención.

—Me ocurre —dijo— que me arrepiento de todo, de todo, me arrepiento de todo, pero no se preocupe, en seguida se me pasa.

En efecto, transcurridos unos segundos, volvió a incorporarse y adoptó la actitud de intransigencia anterior. Se apeó sin despedirse.

UNA VIDA

Más que conocerse, se reconocieron, pues los dos tenían la impresión de haberse tratado en una vida anterior. Hacían el amor en cualquier sitio y en todas las posturas, como si buscaran un acoplamiento que les permitiera ser uno. Cuando cualquiera de ellos salía de la cama para ir a la nevera o al trabajo, el otro se sentía amputado. No soportaban las separaciones porque cada uno era el oxígeno del otro, la sangre del otro, el alma del otro. La excitación que les proporcionaba encontrarse procedía del sentimiento de estar al fin completos. Sólo estaban completos cuando se encontraban el uno sobre el otro, o el uno al lado del otro, o el uno debajo del otro. Se metían la lengua por todos los orificios del cuerpo, incluidos los de las narices. Estaban enamorados, en fin.

Lo sorprendente era que la pasión duraba. No la atenuaban ni el calor ni el frío ni el paso de las semanas y las estaciones. A veces comenzaban a desnudarse en el ascensor para no perder un segundo del tiempo que se les permitía estar juntos. Llegaron a pensar que lo suyo no se parecía a lo de nadie. Lo ocultaban por miedo a despertar envidias, recelos, comentarios. Desde la altura de su completitud, observaban con cierta lástima al resto de la humanidad como los dioses observan con piedad a los mortales desde el Olimpo. Disfrutaban de la comida, del sexo, del cine, de la televisión, de la calle. Todo lo que hacían juntos adquiría una relevancia especial por el simple hecho de que ellos lo tocaban con su magia.

Tuvieron un hijo. Durante el embarazo, la tripa de ella había empezado a poner entre los dos una distancia que, con el nacimiento de la criatura, se convertiría en un abismo. Ella sólo vivía para el niño, al que él observaba con amor y desconfianza, pues aquella criatura había sido de verdad una sola persona con su madre. Nunca nadie les podría quitar eso. Tal vez, pensaba, madre e hijo se pasarían el resto de la vida buscando una postura que les permitiera convivir como cuando él iba dentro de ella y ella alrededor de él. Al principio, él creyó que cuando el niño creciera, ella regresaría y volverían a follar como locos, como si fueran las distintas partes de un alfabeto en busca de las distintas combinaciones para componer una frase. Pero el bebé se hizo niño y el niño se hizo adolescente sin que la pasión entre el hijo y la madre decreciera. El hombre observaba aquella experiencia con algo de rencor, pero sobre todo con asombro. Le asombraba ver la cantidad de energías que la madre era capaz de dedicar al hijo. Aquello era amor, un amor desesperado, que es quizá el único amor posible. Él se consolaba ocasionalmente con alguna aventura extraconyugal, incluso con alguna prostituta. No le importaba pagar, hasta le parecía más decente. Pero ni en las aventuras de pago ni en las otras encontraba el paraíso perdido.

Luego, un día, siendo el hijo ya un joven, se empezó a distanciar de la madre, que aceptó el alejamiento porque tenía preparado, para cuando llegara ese momento, un discurso según el cual los hijos han de separarse de los padres para crecer. En apariencia, daba al hijo todo lo que necesitaba para huir de ella, pero en la realidad este darle todo era un modo más de retenerle. Lo consiguió durante algún tiempo, pero al final pudo más la obstinación de él que la de ella, que se quedó sola en el mundo.

Un día, entrando en el salón de la casa procedente de la cocina, vio a su marido leyendo un libro. Hacía miles de años que no lo veía. Comprobó que había perdido pelo, que tenía arrugas, pero por debajo de ese rostro reconoció al hombre del que había estado enamorada hacía tantos años. Le dieron ganas de preguntarle dónde había estado, pero no dijo nada quizá porque comprendió que era ella la que se había ido y la que regresaba ahora, después de una aventura agotadora con un hijo que la acababa de abandonar. Se sentó al lado de aquel desconocido y habló con él. Él le propuso salir al cine, a cenar, a visitar museos y comenzaron a conocerse, a reconocerse más bien. El gran amor de ella, el hijo, pasaba a veces por la casa, pero cuando se iba dejaba en la mujer un poso de tristeza que lo teñía todo. Aun así la relación entre el hombre y la mujer se fue recomponiendo. Hicieron el amor un par de veces y, aunque no les salió bien, ambos se dijeron que había vida más allá del sexo. Todo iba bien, en fin, y habría ido mejor de no ser porque un día, en medio de la noche, él se despertó, contempló a su mujer dormida a su lado y comprendió que jamás sería capaz de perdonarle todos aquellos años de ausencia.

LA ROPA INTERIOR DE LAS MUJERES

Un pájaro negro, con el pico sonrosado (posiblemente un mirlo), entró en su alcoba mientras ella dormía, se dirigió al armario, abrió el cajón de la ropa interior y escogió la más frágil de sus braguitas. Se la llevó y volvió a por un sujetador con el que hacía juego. En siete u ocho viajes había vaciado la gaveta. Luego sustituyó toda aquella lencería por unas imitaciones perfectas, realizadas con hojas de roble, pétalos de flores diversas, porciones de raíces, tallos trenzados y plumones de ave. Cuando despertó, ella no se dio cuenta del cambio y se puso uno de los conjuntos con los que el mirlo había suplantado a los verdaderos. Eligió una camiseta muy ligera, con el escote en pico, por cuyos bordes se veían partes de las hojas de roble, de los pétalos, de la raíces, de las plumas. Al agacharse, dejaba ver el comienzo de sus pechos sostenidos por aquel entramado vegetal. A veces, se le desprendía un plumón, un tallo, una ramita.

En la oficina había un individuo, el director de contabilidad, al que apodaban el *Hombre pájaro* porque tenía los ojos muy separados, casi en las sienes, lo que le obligaba a mover la cabeza hacia un lado y otro con movimientos que recordaban a los de un ave. Cuando ella entró ese día en su despacho para hacerle una consulta sobre unos asientos contables, se le desprendió, al inclinarse sobre su mesa, un pétalo del escote y el hombre palideció de amor. Ese mismo día comenzaron a salir y apenas siete meses después se casaron. Ella se quedó embarazada en seguida y dio a luz un niño que pesó al nacer tres quilos y medio. El parto fue bien y sólo estuvo hospitalizada un día, al cabo del cual el hombre pájaro y su esposa regresaron a casa con el bebé, al que no se cansaban de mirar.

Una vez en el domicilio, cuando ella se disponía a depositar al niño sobre la cuna, él le sugirió que hiciera un lecho con toda su ropa interior e introdujera en él a la criatura.

—De este modo —añadió—, percibirá el olor de tu cuerpo y dormirá tranquilo.

A ella le pareció una excentricidad hermosa, por lo que ni la discutió. Tomó, pues, toda su ropa interior confeccionada con ramitas, raíces, pétalos, plumas, hojas de roble, y colocó a su hijo sobre el conjunto. En seguida se dio cuenta de que daba la impresión de encontrarse en el interior del nido de un ave. Entonces contempló a su marido, el hombre pájaro, y le recorrió un escalofrío.

—¿Qué es esto? —preguntó espantada.

—¿Qué va a ser? —respondió él—. Nuestro hijo.

—¿Pero por qué mi ropa interior se ha convertido en un conjunto de hojas, pétalos, plumas y pequeñas raíces?

—No sé de qué me hablas, es la misma ropa que llevabas ayer y anteayer y el mes pasado.

La mujer no supo qué decir, pero al contemplar a su

hijo se daba cuenta de que, sin dejar de ser un niño normalmente constituido, era también un pájaro. Aunque el médico le había dicho que tardaría aún en subirle la leche un día o dos, esa tarde notó una gran actividad en el interior de sus senos y le pareció que los pezones se le endurecían de un modo anormal. Fue al baño, se descubrió el torso y observó, perpleja, que los pezones se habían convertido en sendos picos de ave.

Su marido se había ido a trabajar y no sabía qué hacer. Finalmente se dirigió al nido en el que reposaba su hijo, lo tomó en brazos y probó a darle de mamar. El bebé, en vez de agarrarse al pezón-pico, abrió la boca, como la cría de un mirlo, esperando que cayera algo en su interior. Ella abrió instintivamente los picos en que se habían convertido sus pezones, pero observó con desesperación que no salía nada de ellos.

Al poco, sin embargo, tuvo una idea. Salió al jardín y fue recogiendo insectos y pequeñas larvas que guardaba en un frasco de cristal. Cuando creyó haber reunido bastantes, se metió en casa, se desnudó y fue introduciendo poco a poco las larvas y los insectos en el interior de sus pechos a través de los picos abiertos en ellos. Una vez dentro, los picos empezaron a convertir aquel alimento en una papilla digerida que luego depositaban en la boca abierta del bebé. El crío comenzó a ganar peso en seguida. Un día, cuando ella se encontraba en el jardín buscando larvas, levantó la vista y vio, colgada de las ramas de un árbol, su ropa interior primitiva. Estaba intacta, como si la savia del árbol la mantuviera viva.

MAÑANA MORIRÉ

No sé en qué momento de la jornada me di cuenta de que, aunque para los demás era miércoles, para mí era jueves, pero me había ocurrido otras veces y no le concedí importancia alguna. Hay semanas que uno quiere acortar y lo soluciona suprimiéndoles un día. El problema surgió el sábado. Los sábados, mi mujer y yo solemos ir al cine y a cenar. A veces llamamos a un matrimonio amigo y vamos juntos. Por la mañana sugerí a mi esposa que telefoneara a los Gutiérrez, para salir esa tarde. Ella me contestó que era viernes. No dije nada, pero me quedé desconcertado. Trabajo en casa, hago programas informáticos y tengo poca relación con el mundo exterior, por lo que tiendo a desconfiar de mis percepciones. De modo que antes de que mi mujer se fuera a su trabajo (es jefa del departamento de divisas de un banco) bajé a comprar el periódico y comprobé en su cabecera que era sábado.

—Mira el periódico —dije abandonándolo sobre la mesa de la cocina, donde ella estaba desayunando.

—¿Qué tengo que mirar?

—El día que es.

—Viernes quince de octubre.

Me acerqué, miré la fecha por encima de su hombro y vi que tenía razón. Pero cuando se marchó, al volver a mirarlo, vi que ponía sábado 16 de octubre. Comprendí que cuando el periódico lo leía ella era viernes y cuando lo leía yo era sábado. En otras palabras, por alguna razón inexplicable yo vivía con un día de adelanto sobre el resto de la humanidad. Hice, naturalmente, unas cuantas comprobaciones más, pero todas arrojaron el mismo resultado. Esa noche, durante la cena, se lo conté a mi mujer.

—¿Sabes que vivo con un día de adelanto sobre el resto de la gente?

Me miró con expresión interrogativa y se lo expliqué con todo detalle. Cuando terminé, se echó a reír y comprendí que se lo había tomado a broma. No insistí. A mí mismo me parecía lo suficientemente increíble como para hacerme dudar de mis sentidos.

Durante los siguientes días, continué haciendo comprobaciones y me di cuenta con espanto de que era verdad. Yo conocía las noticias con un día de antelación, lo que, aunque en principio parecía una ventaja, era un horror. Vi en el periódico un martes (un martes mío) la esquela de mi madre, que para el resto de la familia continuaba viva. Vi la noticia de un incendio y de un terremoto antes de que se produjeran. Visité a mi hijo en el hospital por un accidente que había tenido con el coche antes de que para los demás se hubiera estrellado. También veía cosas buenas, pero no las podía compartir con nadie. Así, cuando nuestra hija, que estudió medicina, obtuvo la plaza en un hospital prestigioso, tuve que aguantarme las ganas de llamar a toda la familia para pregonarlo.

Empecé a beber. Un día, estaba en un bar, yo solo,

apurando una copa, cuando se sentó a mi lado una mujer solitaria. Trabamos conversación y al poco le confesé mi problema. Me dijo que a ella le pasaba algo parecido, pues vivía con dos días de antelación en vez de uno. Era miércoles para mí (martes para el resto de la humanidad) y jueves para ella.

—Entonces, ¿este encuentro entre tú y yo se está produciendo hoy o mañana?

—Hoy para ti. Para mí ocurrió ayer y para el resto de la humanidad aún no ha sucedido.

—Ya que estás en mañana, dime qué va a ocurrir hoy.

—Hoy va a ocurrir que tú y yo nos vamos a ir a la cama —dijo—, vivo aquí al lado, pero te va a dar un infarto cuando comiences a desnudarte y yo te voy a colocar en el ascensor, donde te encontrarán muerto mañana por la mañana. En realidad, ya te han encontrado. Ha venido la policía y nos ha preguntado a todos los vecinos si te conocíamos. Todo el mundo ha dicho que no.

—Nos tenemos que ir ya, pues —pronuncié con la resignación y la entereza que me proporcionaba el alcohol.

—Sí —dijo ella—, es la hora.

Salimos del local y nos dirigimos a su piso, que estaba en el edificio de la esquina. Al comenzar a desnudarme sentí un dolor fuerte en el hombro que en seguida se desplazó al pecho. La mujer, al darse cuenta de lo que ocurría, me puso la chaqueta y me ayudó a salir al ascensor, donde me dejó tirado. Un instante antes de morir recuperé la percepción normal del tiempo y aunque me morí en el miércoles continué vivo en el martes. Fui a casa, me encerré en mi cuarto y me puse a escribir este texto. Mañana moriré. No se culpe a nadie de lo ocurrido.

RELACIONES PERSONALES

Nunca había creído en la compañía que proporcionaban los perros, ni en su fidelidad. Pero llevaba ya dos años solo y había fracasado en todos sus intentos de encontrar a alguien no ya con quien vivir, sino con quien verse los sábados o los domingos para no olvidar su propio idioma. Cuando su mujer, al poco de que se marcharan los hijos, se fue también de casa, él se hundió en la tristeza, pero luego pensó que la vida le daba otra oportunidad. Después de todo, no era tan mayor, así que fantaseó con la idea de tener nuevas relaciones, quizá de volver a emparejarse, de ir al cine, de hacer el amor (él lo llamaba así, «hacer el amor») y de ver la tele con alguien a su lado. Pero la realidad había demostrado que en el ámbito de las relaciones sociales era un incompetente. Así las cosas, cada día estaría más solo, hablaría menos, saldría menos, sonreiría menos. Envejecería solo, enfermaría solo, se moriría solo, en el sofá, quizá con la televisión encendida, como una mujer de su barrio cuyo caso había salido en los periódicos.

Entonces empezó a pensar en lo del perro. Tal vez resultara más fácil la comunicación con un animal que con un ser humano. Llevaba varios meses observando a una mujer que al caer la tarde pasaba por debajo de su ventana dándole conversación a un mastín que parecía entenderla, pues de vez en cuando levantaba la cabeza y ladraba como en señal de asentimiento. Al principio la había observado con lástima, como si se tratara de una pobre loca, pero a medida que pasaban las semanas le fue pareciendo más verosímil la posibilidad de que entre ella y el animal hubiera algún tipo de comunicación. Un día salió a la calle cuando la mujer pasaba por debajo de su ventana y acarició la cabeza del perro al tiempo que decía algo agradable sobre él. Luego comentó que estaba dándole vueltas la idea de comprarse un perro para que le hiciera compañía. Añadió que tenía un piso de tamaño medio y quería saber qué raza le convenía. La mujer le respondió con desdén que los perros no se elegían.

—¿Tiene usted hijos? —añadió.

—Dos —respondió él—, ya mayores.

—¿Acaso los eligió?

—Bueno, no.

—Pues los perros, lo mismo.

El hombre balbuceó unas disculpas y continuó andando. Durante los días siguientes recorrió algunas tiendas de animales donde los perros le ladraban y le movían la cola desde sus jaulas. Eran cachorros y transmitían esa energía especial con la que tarde o temprano acaba la experiencia. Se los habría llevado a todos y por eso mismo era incapaz de decidirse por ninguno. Además, cuando ya estaba a punto de dar el paso, pensaba en las vacunas, en las enfermedades, en la obligación de sacarlo a pasear por la mañana y por la tarde, de prepararle la comida, de asearlo (él mismo pasaba días enteros sin peinarse)... Pero algo, en su interior, le decía que se trataba precisamente de eso, de trabajar para alguien a cambio de un poco de afecto.

Pasaron varios meses, y un día, al regresar de la compra cargado de bolsas, se cruzó con un perro de raza y edad indefinidas, un chucho de pelo corto y patas largas. Se detuvo a observarlo, pues parecía que estaba solo, y en un momento dado el perro volvió la cabeza y dirigió una mirada cargada de sentido al hombre, que continuó andando presa de una turbación excitante. El animal lo siguió. El hombre sentía su presencia detrás de sí. «En seguida», se dijo, «se dará la vuelta y tomará otra dirección». Pero cada vez que miraba de reojo, la sombra del chucho continuaba pegada a la suya, como si ya entre las sombras hubieran llegado a un acuerdo. La mitad de él rezaba para que desapareciera antes de llegar al portal, mientras que la otra mitad rogaba que no le abandonara. Se dio cuenta de que había pensado en el perro en los términos de un animal abandonado, cuando el abandonado era él. Llevaba meses recorriendo las calles, los bares, los cines, con la esperanza de ser recogido por alguien. ¿Por qué no por este perro?

Llegó al portal, entró y el animal se coló detrás de él. Abrió la puerta del ascensor y el perro se metió dentro como si llevara haciéndolo toda la vida. Una vez en casa, el hombre dejó las bolsas en el suelo, se dirigió al chucho y le dijo:

—¿Se puede saber qué quieres?

El can movió el rabo y ladró. El hombre fue a la cocina, sacó una lata de comida para perros que había comprado hacía meses, para hacer frente a una emergencia de este tipo, la vació en un plato y, mientras lo veía comer, comprendió que acababa de tener un perro.

EL HOMBRE INVISIBLE

—Esta noche he soñado contigo, Clara.

—¿Y qué soñaste?

—Que vendíamos muebles.

—¿Y qué más?

—Que nos peleábamos porque tú tenías la manía de atender a los clientes desde el interior de un armario de tres cuerpos. Yo te decía que los armarios no eran ataúdes, ni siquiera ataúdes para vivos, y tú te enfadabas. Pero no nos podíamos separar porque habíamos firmado una hipoteca conjunta.

—¿Y el negocio iba bien?

—Creo que no iba bien por tu culpa.

—Qué raro, por mi culpa. Todo es siempre por mi culpa.

—No te pongas así, sólo era un sueño.

—Los sueños dicen la verdad.

—Los sueños dicen disparates. ¿Tú atenderías desde dentro de un armario a los clientes si tuviéramos una tienda de muebles?

—No lo sé.

—Pues yo sí lo sé: no lo harías.

—A lo mejor sí.

—Entonces no cuentes conmigo para montar un negocio.

—Pues ya estás borrada.

—Gracias.

—De nada.

Las dos chicas se dieron la espalda. Trabajaban detrás de la barra del bar de un hotel en el que estuve hospedado un par de semanas. Todos los días, al caer la tarde, bajaba a tomarme una copa porque me gustaba ver a las chicas. Eran excelentes personas, muy atentas y muy sensatas también para su juventud. El hotel se encontraba en el centro de una ciudad gigantesca y pobre en la que casi todo era periferia. Calculé sus salarios y deduje que vivirían muy lejos del hotel. Las imaginé cenando en sus humildes casas después de haber pasado el día rodeadas de los lujos de un establecimiento con el que no desentonaban, pues iban siempre arregladísimas. A las siete de la tarde daban la impresión de que se acababan de duchar y de maquillar, pese a que llevaban sobre las espaldas, además de las horas de trabajo, el viaje agotador desde la periferia, quizá en metro, quizá en autobuses atestados de cuerpos sudorosos. Ellas no parecían fatigadas. Y eran como dos gemelas disímiles, pues aunque una llevaba el pelo largo y la otra corto, una era morena y la otra rubia, una seria y la otra alegre, estaban unidas por lazos invisibles, sutiles, misteriosos, que las convertían en gemelas, aunque ellas no lo supieran. Sus conversaciones solían versar sobre asuntos irreales. Más de una vez, al regresar a mi habitación, anotaba algunos fragmentos de estas conversaciones para utilizarlos luego en mis relatos. Eran excelentes dialoguistas. Un día estuvieron diez minutos discutiendo acerca de si era mejor ser rico y desgraciado que pobre y feliz. Llegaron a la conclusión de que era mejor ser rico y desgraciado porque un rico desgraciado era diez veces más dichoso que un pobre feliz. Sabían contabilidad existencial.

—Los pobres —concluyó la morena— son pobres hasta en sus aspiraciones. Se conforman con nada.

A mí no me prestaban atención alguna. Era invisible para ellas. Hablaban en mi presencia como si no hubiera nadie delante, a lo que contribuía mucho mi actitud, pues o bien fingía leer un periódico o bien fingía leerme a mí mismo con la actitud de ensimismamiento que caracteriza a los bebedores solitarios.

El caso es que a partir de la discusión sobre el negocio de los muebles dejaron de hablarse. Ignoro cómo lo llevaban ellas, pero yo sufría lo indecible al observar aquel distanciamiento absurdo entre dos personas condenadas a quererse. Un día salí de mi invisibilidad y les dije:

—Esta noche he soñado con ustedes.

—¿Con nosotras? —preguntó la morena.

—¿Y qué ha soñado? —preguntó la rubia.

—He soñado que ponían un negocio juntas y que dejaban el hotel porque les iba muy bien.

—¿Y de qué era el negocio?

Dudé, pero decidí arriesgarme:

—Creo que era de muebles —dije—. Una de ustedes tenía fijación con los armarios de tres cuerpos.

Las chicas se miraron y soltaron una carcajada que yo hice como que no entendía. Al rato estaban hablándose de nuevo, haciendo planes para el próximo fin de semana, quizá para los próximos años. Yo regresé a mi invisibilidad.

EL PRECIO DEL ÉXITO

Dos semanas antes de que se publicara su primera novela, Ramón empezó a tener fantasías de éxito. Iba, por ejemplo, en el autobús, y comenzaba a imaginar que su editor le telefoneaba al móvil para decirle que, antes de haberla distribuido, ya tenían pedidos por más de cincuenta mil ejemplares.

—¿Por qué? —preguntaba él—. No me conoce nadie.

—Por el tema, a los libreros les ha encantado el tema.

Siempre llevaba el móvil encendido, comprobando cada poco que funcionaba por si intentaba localizarle algún director de cine que se hubiera enamorado del libro. Pero las fantasías más corrientes tenían que ver con algún tipo de intercambio. Estaba paseando al perro, por ejemplo, y se preguntaba si entregaría al animal a cambio de que la novela triunfara.

—¿Por cuántos ejemplares? —se respondía a sí mismo.

—Por treinta mil.

—Me parece poco, sube hasta cuarenta.

—Cuarenta mil, de acuerdo.

Mantenía estas negociaciones a gran velocidad, como si realmente estuviera compuesto de dos personas con intereses distintos: a una sólo le importaba el éxito de la obra; a la otra, los bienes familiares.

—¿Y de ti mismo? ¿Qué estarías dispuesto a dar de ti mismo?

—¿Qué quieres decir?

—¿Por cuántos ejemplares entregarías los dedos de la mano izquierda?

—¿Todos los dedos de la mano izquierda?

—Sí, todos.

—Por un millón de ejemplares. Doscientos mil por dedo.

Después, se imaginaba viviendo sin dedos, pero rodeado de comodidades y de fama. Los estudiantes de literatura le llamaban para hacer tesis doctorales sobre él, pero Ramón no hablaba con ellos, pues había contratado a una secretaria que le llevaba todo. Los jefes de Estado, los reyes, los príncipes y los catedráticos querían comer con él, que había aprendido a manejarse perfectamente con los dedos de la mano derecha. Los filetes de carne se los daban partidos. Además, un investigador alemán que hacía prótesis de titanio le había ofrecido unos dedos artificiales que funcionaban razonablemente bien. Un día, a lo largo de una de esas fantasías, se ofreció a sí mismo la venta de cien millones de ejemplares a cambio de que muriera su padre.

—Me lo tengo que pensar —se respondió.

Su padre era muy mayor y se había quedado viudo hacía cinco años. Vivía solo y amargado. Con frecuencia decía que se quería morir, que aquello no era vida, pues le dolían mucho las articulaciones y caminaba con dificultad. A lo mejor, hasta le hacía un favor aceptando el intercambio. Pero le costaba tomar la decisión. ¿Cuál era el límite?, se preguntaba. Ya se había deshecho imaginariamente del perro y del hámster del niño. Si no se paraba, tal vez el éxito acabara llevándose por delante a su mujer y a su hijo después de haberle dejado a él mismo manco, tuerto, cojo... Pero su padre deseaba morirse, eso decía al menos. A lo mejor no aceptaba el trato y se moría igual a los dos días. Total, que aceptó diciéndose que se detendría ahí, que no volvería a incluir en las negociaciones a ningún miembro de la familia. Mentira: negoció. Era imposible no hacerlo, pues se hacía a sí mismo ofertas fabulosas.

El día anterior a la salida del libro, soñó que se le aparecía el diablo y le ofrecía un éxito sin precedentes en la historia de la literatura (Cervantes y Shakespeare serían, comparados con él, dos fracasados) a cambio del alma. Dijo que sí. Con alguna resistencia, es cierto, pero aceptó. Al levantarse de la cama, mientras se cepillaba los dientes, tuvo un recuerdo fugaz del sueño y luego desapareció de su memoria.

La novela fue un éxito. Vendió durante el primer mes un millón de ejemplares y en seguida comenzaron a llegar solicitudes de traducción. Durante esos días vertiginosos, fallecieron el perro y el hámster del niño, pero fueron dos sucesos mínimos comparados con la entrada del dinero y la fama. Podía comprar cientos de perros, de cualquier raza, y miles de hámsters. Luego perdió, en un accidente doméstico, un dedo, pero qué era un dedo al lado de aquel torbellino de felicidad. Su padre murió, claro, pero se trataba de una muerte esperada. «Al fin ha descansado», se dijo. Un día, en medio de un homenaje que le daba una asociación mundial de libreros, se retiró un momento al baño y allí, frente a una letrina, recordó inopinadamente el sueño por el que había vendido el alma y comprendió que todas aquellas negociaciones imaginarias habían sucedido de verdad. Tuvo un ataque de pánico y luego otro ataque de pánico. Después, salió por la puerta de atrás, dejando plantado a todo el mundo, y no se volvió a saber nada de él.

UN CASO DE SUGESTIÓN

Me encontraba en la casa de campo de un amigo, donde había sido invitado a comer. Este amigo tenía una hija adolescente que vestía un bañador amarillo. Todo el mundo estaba en bañador menos yo, que llevaba un jersey de lana de cuello alto. La mujer de mi amigo sostenía que el frío y el calor eran un problema de sugestión.

—Tú tienes frío porque estás convencido de que hace frío y nosotros tenemos calor porque creemos que hace calor.

—Pero la piscina está helada —argüía yo.

—El agua no se puede sugestionar porque no tiene mente. Yo hablaba de nosotros, de los seres humanos.

La conversación transcurría en términos amables, mientras tomábamos un aperitivo en la espaciosa cocina de la casa, desde donde se dominaba el jardín y la piscina, cubierta por una capa de hielo en la que habían practicado un agujero para bañarse. En un momento dado, mientras mi amigo y su mujer se daban un chapuzón, yo me quedaba con la hija adolescente, que se había sentado a la mesa de la cocina para picar de las patatas fritas de una gran fuente de cristal. Entonces, mientras sus padres chapoteaban alegremente en el exterior, la chica se moría de una cosa súbita con una patata a medio tragar. Yo le metía el dedo en la boca, para sacarle la patata, por si ello le ayudara a respirar, pero estaba completamente inerte. Desesperado, la llevaba al salón, para colocarla sobre el sofá y hacerle el boca a boca. Pesaba menos que mi gata.

No conseguí nada. Cuando estaba a punto de salir para avisar a los padres de lo sucedido, volví a oírlos gritar. Se reían de mí. Aseguraban que fingía tener frío para no bañarme porque me daba miedo el agua. Comprendí que sería incapaz de darles la noticia. Además, por alguna razón inexplicable, me sentía culpable de aquella muerte. Entonces regresaba al salón y tomaba las manos de la chica muerta entre mis manos. Después cerraba los ojos y me disponía a hacerle llegar una parte de mi vida. Recuerdo haber sentido un calor extraño, muy intenso, antes de notar que la vida regresaba, en efecto, al cuerpo de la chica, que abrió los ojos después de que yo hubiera soltado sus manos.

—Creo que me he quedado muerta un rato —decía incorporándose.

Yo regresaba a la cocina y continuaba tomándome el aperitivo. Los padres entraban secándose con grandes toallas de colores y al poco nos sentábamos todos a comer.

Me desperté en ese instante. Miré la hora y eran las tres de la mañana. Tenía la garganta seca y esa sensación de extrañeza que nos dejan los sueños muy vívidos. Mis manos aún recordaban el tacto de las manos de la chica antes de resucitar y en la boca persistía el sabor de las patatas fritas y las aceitunas que había tomado de aperitivo. Estaba solo en casa, de manera que no podía hablar con nadie para aliviar la sensación de haber tenido un trato con la muerte. Como la noche lo aumenta todo, aumentó mi miedo a las tinieblas. Por más luces que encendía, la casa continuaba pareciéndome demasiado oscura. La luminosidad, pensé, es un problema de sugestión. Si crees que hay poca luz, te parecerá todo muy oscuro, aunque haya un sol radiante. Creo que estuve una hora despierto, yendo de acá para allá. Cuando me metí de nuevo en la cama, encendí la radio de la mesilla de noche, pero la apagué en seguida porque estaban dando un programa de asuntos paranormales que me inquietó.

No sé lo que tardé en quedarme dormido, pero sí que volví a soñar con mi amigo y su familia. Habían pasado unos días desde que estuviera con ellos en la casa de campo. Yo llevaba una vida normal, si exceptuamos que me cansaba mucho. No era capaz de subir como antes las escaleras de mi casa (un cuarto piso). Además, había perdido el apetito y el gusto por las cosas que habitualmente me excitaban. No todo el gusto, pero sí la mitad aproximadamente. Achacándolo a algún déficit químico, tomaba unas vitaminas que no me hacían nada. No es que estuviera mal, pero tampoco estaba bien. En el trabajo rendía la mitad de lo que era normal en mí. La vida, en fin, iba a medio gas.

En esto, me llamaba mi amigo para contarme, muy preocupado, que su hija tenía problemas. Qué clase de problemas, le preguntaba yo. Está como medio muerta, me decía él, o como medio viva. No le duele nada, pero ha perdido el 50 % de su vitalidad. En las asignaturas en las que sacaba un diez, ahora saca un cinco, y todo así. Me desperté en el momento de colgar el teléfono a mi amigo, pero creo que me desperté a medias, es decir, se despertó la mitad de mí y así continúo desde entonces.

UNA HISTORIA VERDADERA

Descubrí sobre la pared del salón un bicho negro, quizá un escarabajo. Me levanté con el periódico enrollado, para acabar con él, pero cuando estaba a punto de golpearle, se convirtió en una mancha. El desconcierto me paralizó. Me había quedado dormido con la tele encendida, mientras daban un documental de insectos. Tenía la garganta seca, de modo que fui a la cocina y me puse un vaso de agua con unas gotas de limón. Al regresar al salón, la mancha había desaparecido. Pensé que se trataba de un insecto capaz de disfrazarse de mancha, igual que hay otros que se disfrazan de palo, y ahí quedó todo. Esa tarde tenía una reunión en la productora. Recuerdo que estábamos escuchando al encargado de los decorados, cuando volví a ver, en la pared de enfrente, al bicho. En esto, alguien reclamó mi atención y cuando volví a mirar ya no estaba.

Al día siguiente teníamos una cena en casa. Le dije a mi mujer que yo me ocuparía de comprar el pescado. Conozco al dueño de una pescadería que hay cerca de la productora. Le llamé por teléfono para decirle lo que quería y escuchar sus recomendaciones. Me dijo que me tendría todo preparado al mediodía. Al entrar en el establecimiento, volví a ver al animal. Estaba en la pared del fondo, sobre el alicatado. Me extrañó, porque la pescadería cuenta con un sistema antiinsectos muy eficaz. «¿Qué es eso?», pregunté al encargado. «¿Esto?», dijo él acercando el dedo, «es un trozo del cable de la luz que se ha salido, no sé por qué». Lo cierto es que se había convertido en un trozo de cable en el momento en el que él acercó el dedo. Lo comprendí con una claridad meridiana, pero no dije nada.

Estábamos cenando, en fin, cuando vi al bicho sobre la solapa de uno de los invitados a la cena que se encontraba algo alejado de mí. Me levanté con alguna excusa y me acerqué a él. Cuando puse mi mano sobre su hombro, el animal se convirtió en una insignia. «¿Te gusta?», preguntó el invitado, «toma, para ti». La tomé con aprensión y le di las gracias. Era, en efecto, un escarabajo. Lo coloqué, por cortesía, en la solapa de mi chaqueta y cuando no lo miraba estaba vivo. Intenté atraparlo varias veces antes de que se convirtiera en materia inerte, pero siempre atrapaba un objeto duro porque era endiabladamente rápido.

Al día siguiente, se lo regalé a un guionista que va mucho por la productora.

—Estos animales dan buena suerte —dijo.

—Por eso te lo regalo —respondí yo.

Al salir lo atropelló un automóvil y lo mató. Mi secretaria, en un gesto de buena voluntad, sacó el escarabajo de su solapa y me lo devolvió. Lo metí en el cajón de la mesa y lo cerré. Al poco, escuché el zumbido como de un moscardón. Era el escarabajo, intentando salir. Abrí y cerré el cajón varias veces, a distintas velocidades, pero siempre lo sorprendía convertido ya en una insignia. La tomé, salí a comer, y la dejé olvidada sobre la barra de una cafetería. Apenas había alcanzado la calle, cuando el animal voló de nuevo hasta mi solapa transformándose en un objeto duro en el instante mismo de aterrizar. «No pierdas los nervios», me dije, «con detalles así comienza la locura, pero tú no estás loco. Si mantienes la calma, sobrevivirás».

Intuí que mantener la calma consistía en no luchar contra la alucinación, en dejarla estar. Después de todo, la convivencia con el bicho no era tan incómoda. A los pocos días, visitando una exposición de esculturas, me llamó la atención una rana del tamaño de un puño que formaba parte de un conjunto más amplio. Estaba tan bien hecha que no pude resistir la tentación de acercar la mano. Justo en el momento de tocarla, se convirtió en un animal de verdad. Miré a mi alrededor, para ver el efecto que había producido, pero me encontraba solo. La rana, por otra parte, lejos de huir, se quedó mirándome, como si esperara algo de mí. La tomé con cuidado y la guardé en el bolsillo. Esa noche, metí a la rana y al escarabajo en una caja de zapatos, juntos. Al día siguiente, el escarabajo había desaparecido y la rana se había convertido en un objeto sólido, de bronce. Por curiosidad, bajé con ella al garaje, tomé un martillo y la abrí de un golpe por la mitad. Dentro de ella, efectivamente, encontré al escarabajo. El problema es que no había comenzado a digerirlo, por lo que estaba entero. Lo que no sé, porque no tengo ni idea de cómo funciona la magia, es si tendré otra oportunidad como la de la rana para acabar con él. Hoy mi mujer me ha dicho que no me ponga tanto ese escarabajo, que le da un poco de asco. ¿Cómo decirle que no soy yo el que lo lleva puesto a él, sino él el que me lleva puesto a mí?

LA PARTE DE ATRÁS

Soñé que salía a la calle y que todo estaba de espaldas. Sólo se veía la parte de atrás de las casas y la nuca de las personas y los traseros de los perros y las colas de los pájaros. Caminaba por un callejón trasero que en vez de mostrar los escaparates de las tiendas, enseñaba su parte de atrás, su lado oscuro. El mundo me había dado la espalda. Giré la cabeza hacia atrás, pensando que, de ese modo, vería narices, ojos, bocas, párpados, pero mirara donde mirara sólo había nucas, nalgas, omoplatos. Una vez que me resigné al espectáculo, me di cuenta de la poca atención que le prestamos a esta parte del cuerpo y de la realidad. Trabajaba, en el sueño, como ayudante de un fotógrafo que sólo fotografiaba el envés de las personas y las cosas. Naturalmente, yo sólo veía la espalda del fotógrafo. Las paredes de su estudio estaban llenas de retratos de personas que sólo enseñaban la nuca. En medio de todas aquellas fotografías, vi la de un árbol que resultaba una rareza, pues los árboles no tienen parte de delante ni de atrás.

Vivía con mi esposa y cuatro hijos, todos de espaldas a mí. No sabía de qué color tenían los ojos, ni si eran guapos o feos. Mi mujer poseía unos omoplatos suaves, dos bultitos que me gustaba acariciar. Me excitaban casi tanto como unos pechos. Pero por más que intentaba, cuando hacíamos el amor, colocarme en una postura que me permitiera verla por delante, ella actuaba de tal modo que siempre me mostraba el mismo lado. Teníamos un canario que siempre me daba el culo, aunque no paraba de cantar. La jaula, como el árbol, no tenía más que un lado, pues era redonda y completamente simétrica. Por la noche, después de cenar, nos sentábamos frente al televisor, pero yo sólo veía su tubo, y las nucas de los componentes de mi familia. La nevera, al estar de espaldas, tenía la puerta pegada a la pared, por lo que resultaba, para mí al menos, completamente impracticable.

La vida cotidiana estaba llena de pequeñas dificultades, pues en vez de cepillarme los dientes, tenía que conformarme con raspármelos con la parte de atrás del cepillo. Y para sacar la crema del dentífrico tenía que forzar el culo del tubo. Naturalmente, llevaba las camisas del revés, lo que constituía una tortura a la hora de abrochar sus botones. Lo peor, con todo, eran los libros, pues sólo se podían abrir por atrás. Al principio los leía de atrás hacia delante, pero pasado el tiempo comencé a leerlos directamente del revés. Quiero decir que la realidad dio de súbito, aunque con la naturalidad con la que se viven las cosas más raras en los sueños, un cambio sutil, de manera que a partir de determinado instante las cosas no sólo estaban de espaldas, sino al revés. Mi familia, por ejemplo, llevaba las vísceras por fuera, igual que el canario. Y en lugar de decirme buenos días, decían said soneub.

—Said soneub —respondía yo adaptándome, pero consciente de que todo estaba patas arriba.

Salí a la calle y vi que le habían dado la vuelta como a un calcetín. Los grandes edificios tenían todo su interior al aire libre. Veía a las personas, si se podía llamar así a aquellas calamidades, por los pasillos de sus casas. No había fachadas. Las fachadas estaban ahora en la parte interior. Todo era un caos de tuberías, de tripas, de infraestructuras al aire libre.

Me desperté sin agobios, pero extrañado. Antes de colocarme los calcetines, me aseguré de que estaban del derecho. Lo mismo hice con la camisa y con la camiseta. Me despedí de mi mujer y cogí el coche, pues ese día tenía que viajar. Como iba bien de tiempo, en vez de tomar la autopista tomé una carretera secundaria. Advertí que el paisaje de esta carretera era en cierto modo la parte de atrás del que se apreciaba desde la autopista. Sin darme cuenta, había vuelto, ya despierto, a la parte de atrás. Sonreí imaginando que el siguiente paso consistiría en viajar por el revés de la realidad. A la sonrisa le siguió un movimiento de pánico. Dio la casualidad de que pasé junto a una gasolinera que estaba de espaldas a la carretera (seguramente daba el frente a la autopista). También vi la fachada trasera de varios restaurantes. Comprendí que debía regresar en seguida a la autopista, pero no veía el modo; no había ninguna indicación que la anunciara. ¿Y si me resigno, me pregunté, a llegar a mi destino viajando por la parte de atrás? Lo hice, me resigné, pero con mucho miedo. Comprendí, al terminar el viaje, hasta qué punto estamos habituados a vivir sólo en una parte de la realidad. Es un error, como si sólo habitáramos una parte de nuestra casa, o de nuestro cuerpo.

CUERPO Y ALMA

El taxista me contó que compartía el negocio con su hermano. Habían comprado la licencia y el coche a medias. Durante el día lo explotaba él y durante la noche su hermano.

—Así que este coche —añadió— es como un cuerpo con dos almas. Yo se lo dejo limpio a mi hermano y él me lo devuelve sucio, con el cenicero lleno de colillas. Además, conduce de un modo muy brusco. Ya hemos tenido que cambiar el embrague una vez y la caja de cambios empieza a dar problemas. Ahora estoy intentando comprarle su parte, pero no se deja.

El hombre hacía jornadas de doce horas. Pasaba dentro del automóvil la mitad de su vida. Lo veías retrepado en su asiento, con todo lo que podía necesitar al alcance de la mano y realmente era como el alma del coche. Observé que llevaba en la guantera una gamuza que pasaba de vez en cuando por el salpicadero, para sacarle brillo. También llevaba un ambientador para eliminar la peste a tabaco de los cigarrillos de su hermano. No me resultó difícil imaginar el dolor que le producía encontrar cada mañana, hecho un desastre, el coche que él entregaba como una patena por las noches.

—Imagínese —continuó hablando— que todos los días, al despertarse, encontrara usted su cuerpo hecho un desastre porque lo compartía con otro y ese otro fuera un cochino. Imagínese que le devuelven el cuerpo sucio, con magulladuras o con ardor de estómago después de que usted le corta las uñas una vez a la semana y lo alimenta a base de verduras a la plancha y pescado hervido.

—Pues muchas mañanas me lo encuentro así —le dije—, como si alguien hubiera abusado de él durante la noche.

—Entonces es que es usted esquizofrénico —aseguró el taxista tranquilamente—. Y no se ofenda. Mi coche también es esquizofrénico porque tiene dos personalidades, dos almas, y eso es lo que no puede ser.

—Pues si su hermano no quiere venderle su parte, ofrézcale usted a él la suya.

—Es que estoy acostumbrado a este coche. ¿Usted vendería la mitad de su cuerpo al dueño de la otra mitad?

—No conozco al dueño de la otra mitad, pero si me sentara con él, quizá llegara a un acuerdo.

—¿Y vagaría usted por el espacio sin cuerpo? ¿Entraría en el metro, en el autobús, en los bares, desprovisto de cuerpo, desprovisto de boca, de manos, de dedos, de ojos, de nariz, de oídos?

El hombre comenzaba a inquietarme, pero puse cara de póker e hice un comentario sobre el tiempo para rebajar la tensión.

—Lo peor —añadió al rato— es que mi hermano y yo somos gemelos y no nos podemos separar porque mi madre nos hizo prometer en su lecho de muerte que mantendríamos nuestros destinos unidos.

—Si lo dijo su madre...

Hablando de destinos, llegué afortunadamente al mío, huí del interior del taxi y entré en la redacción del periódico. Me senté al ordenador y vi que el teclado y la pantalla estaban sucios, como con grasa. Los ordenadores se usan las veinticuatro horas del día, a tres turnos. Cada redactor tiene una clave secreta para entrar en su zona, pero compartimos el hardware, la parte dura, el cuerpo. Y hay gente que trata al cuerpo fatal. Era evidente que el usuario anterior se había comido un bocadillo de anchoas sobre el teclado y que había tocado la pantalla con las manos sucias. Saqué una toallita húmeda que tengo para estas situaciones y le di un repaso. Luego escribí mi clave y me puse a trabajar.

Pero no se me quitaba de la cabeza la idea de que el ordenador era un cuerpo con tres almas. Mi situación era, si cabe, peor que la del taxista. Al mediodía me llamó el redactor jefe para hacerme un encargo. Le dije que estaba harto de que el redactor del turno de noche dejara el aparato lleno de grasa.

—Tendríamos que tener cada uno un ordenador, del mismo modo que tenemos cada uno un cuerpo. ¿Te imaginas que tuvieras que compartir tu cuerpo con un cerdo que no dejara de fumar ni de beber alcohol, ni de comer grasas?

Y ahí es donde metí la pata, porque el redactor jefe es un gordo sucio que lleva la camisa llena de lamparones de grasa y la corbata llena de quemaduras de tabaco. Y el aliento le huele a coñac. Quiere decirse que él es la parte mala de su cuerpo, así que no me entendió, o me entendió demasiado bien, porque empezó a hacerme el vacío y al poco acabé editando los anuncios por palabras.

¿ES GRAVE, DOCTOR?

De joven, compartí piso con una chica que lo primero que me dijo fue que le reventaba fregar los cacharros, de manera que me tocó a mí. Al principio me parecía un engorro, creo que porque me empeñaba en terminar en seguida, pero luego le cogí gusto y limpiaba en una hora el mismo número de platos que cualquier persona normal habría liquidado en media. Lo que me gustaba de aquella actividad era que me ponía intelectualmente en marcha. A los diez minutos de estar sacándole brillo a una cacerola de aluminio, las neuronas trababan amistad entre sí y resolvía problemas que en la mesa de trabajo me habrían llevado días. Fregar me ayudaba a entrar en un raro estado de concentración del que obtenía beneficios increíbles. Sin embargo, a mi compañera le sentaba fatal verme disfrutar de ese modo y comenzó a pensar que compartía piso con un depravado.

—¿Pero tú por qué no protestas cuando te toca fregar?

—Porque me gusta.

—No gastes bromas. Cómo te va a gustar.

—Es cierto. El correr del agua y el ver cómo se marcha la porquería de las sartenes por el sumidero me hunde en una especie de éxtasis que me ayuda a reflexionar sobre la existencia.

Al principio pensó que le tomaba el pelo, y luego que era un pervertido. Cuando teníamos invitados y me veía levantarme después de comer para recoger la cocina, la oía murmurar cosas sobre mí. Una vez llevó a su madre, quien tras observarme de arriba abajo me preguntó si era yo ese al que le gustaba fregar.

—Soy uno de ellos —respondí sintiéndome miembro de una secta secreta de fregadores repartidos por el mundo.

Al día siguiente la chica abandonó el piso sin despedirse y tuve que poner un anuncio en los tablones de la Facultad, pues no podía hacer frente yo solo al alquiler. Siempre he preferido vivir con mujeres que con hombres, por lo que solicité una compañera. Vino una estudiante de medicina que lo que no podía soportar de ningún modo era tender la ropa. Yo nunca me había ocupado de eso, pero a las pocas semanas empezó a gustarme y estaba deseando encontrar algo mojado para colgarlo de las cuerdas. Bien es cierto que teníamos un patio interior muy sugerente, y que a mí me apasionaba imaginar las vidas que discurrían al otro lado de las ventanas que se veían desde la nuestra. Al poco, me pasaba la vida tendiendo y mi compañera empezó a sospechar que había ido a caer con un mirón o un psicópata, así que se fue y tuve que poner otro anuncio gracias al que aprendí a cocinar, y así de forma sucesiva.

Evidentemente, tengo una rara capacidad para que acabe gustándome lo que he de hacer por obligación. Ello me ha creado fama de bicho raro entre mis conocidos. También eso me encanta, y lo cultivo, lo mismo que tender la ropa o fregar cacharros. ¿Es grave, doctor?

TODO ES MUY RARO

Una vez me comunicaron el fallecimiento de un amigo al que hacía mucho tiempo que no veía. Resultó ser un error (lo habían confundido, en un accidente de tren, con otro que tenía sus mismos apellidos), pero permaneció sin vida dentro de mi cabeza durante dos días y luego fue imposible resucitarlo, por más que me dijeran que se encontraba bien. Sólo era capaz de pensar en él de cuerpo presente, así que cuando me telefoneó para que comiéramos juntos, me pareció una llamada de ultratumba. De todos modos, acepté su invitación, claro. No tenía ninguna excusa razonable para no verle, pero pasé unos días de gran inquietud nerviosa. Nos conocíamos desde la infancia. Procedíamos del mismo barrio y hubo épocas en que nos encontrábamos un día sí y otro también, incluso después de casarnos, pues mi mujer y la suya fueron muy amigas hasta que rompieron por razones que no vienen al caso, lo que contribuyó a que nosotros también nos distanciáramos.

La noche anterior a la cena, apenas pude dormir. Me imaginaba en el restaurante, con mi amigo delante de mí, de *corpore insepulto*, y me entraban escalofríos.

—¿Qué te pasa? —preguntó mi mujer.

—Que mañana he quedado con Antonio y no soy capaz de imaginármelo vivo, la verdad.

—Qué tonterías dices.

Llegué al restaurante con diez o quince minutos de adelanto, para estar sentado cuando le viera entrar, pues en las situaciones de mucha tensión soy algo propenso a los desvanecimientos. Me sorprendió, sin embargo, su buen color. Había estado de vacaciones en el Caribe y venía moreno, lo que contrastaba con mi piel generalmente blanca, pero en invierno más. Vestía de forma deportiva, y tengo que decir que no sólo no lo encontré muerto, sino muy rejuvenecido. De hecho, siendo yo dos años más joven que él, aquel día parecía más viejo.

Hablamos del barrio y, cómo no, de la confusión que le había causado permanecer fallecido durante cuarenta y ocho horas. Yo tuve un movimiento de crueldad, motivado, creo, por la envidia que me produjo su buen aspecto, y le confesé lo que me había ocurrido, añadiendo sin pensarlo mucho:

—Ahora que te tengo delante sé que estás vivo, pero estoy seguro de que cuando regrese a casa volveré a imaginarte de cuerpo presente.

Entonces me observó con una profundidad insólita, como si su mirada viniera desde la infancia misma, desde el barrio en el que habíamos crecido juntos. Me contempló a través del tiempo, quiero decir, y pagó la cuenta sin articular palabra. Desde aquel día no nos hemos vuelto a ver. Para mí es realmente como si estuviera muerto.

UNA VIDA Y UN SUEÑO

El otro día soñé en ruso. Jamás he estado en Rusia, pero me movía por Moscú con una agilidad envidiable y hablaba en ruso. No sólo eso: leía periódicos y escuchaba la radio sin problemas. Tenía un hijo también, muy pequeño, que se perdía en un laberinto de calles del casco antiguo de la ciudad. En el momento de separarse de mi mano había comenzado a oscurecer y caían unos copos de nieve que iluminaban brevemente la atmósfera. Yo vagaba en ruso por los callejones, preguntando a la gente si había visto a un niño de las características del mío. Al poco, me despertaba lleno de angustia. En seguida me daba cuenta de que no era ruso, desde luego, y de que tampoco era el padre de aquel niño que se acababa de perder. Parecía evidente que había soñado un sueño ajeno.

Al día siguiente, mientras desayunaba, iba poco a poco recuperando mi nacionalidad española, pero cuanto más español me sentía, más lástima me daban ese padre y ese hijo con quienes había pasado la noche. Pensaba que si hubiera tardado en despertarme un poco más, quizá habría encontrado al niño y no tendría ese peso en la conciencia. En todo caso, me habría gustado devolverle el sueño a su propietario, para que hiciera con él lo que le viniera en gana. No me gusta tener en los cajones ni en la cabeza cosas que no me pertenecen. Una vez encontré una cartera en la calle y como ya era tarde me la llevé a casa, pensando en entregarla a la policía al día siguiente. Luego, en la cama, no lograba quedarme dormido por culpa de la dichosa cartera, así que me vestí y fui a entregarla a la comisaría más próxima.

—Haber esperado usted a mañana —dijo el inspector.

El problema de soñar un sueño que no es tuyo es que no sabes dónde entregarlo. No puedes presentarte en la oficina de objetos perdidos diciendo que te has encontrado un sueño perdido. Te tomarían por loco. Así que te lo tienes que quedar, te guste o no. Yo me lo quedé, pero puse un anuncio en el periódico, al que no respondió nadie, diciendo que tenía un sueño que no me pertenecía. He intentado desprenderme de él de mil maneras, pero no encuentro forma de sacarlo de mi cabeza. Hace poco, en un guateque que hubo en la oficina para celebrar que han aumentado las ventas, se lo comenté a un compañero y se rió de mí.

—Si lo has soñado tú, es tuyo —dijo.

No supe cómo explicarle que no, que no era mío, y desistí de hacerlo. Luego, mientras mi jefe soltaba un discurso de felicitación, comprendí de repente que tampoco aquella vida que llevaba era la mía. Fue como una iluminación. «Estoy viviendo la vida de otro», me dije. Pero tampoco habría sabido a quién devolvérsela. El caso es que ahora tengo dos cosas que no me pertenecen: una vida y un sueño. Con todo, lo más raro es que tengan distinta nacionalidad.

LA MASA LÍQUIDA

Una adolescente le dijo a su amiga en el autobús:

—Tengo la impresión de ser de humo. Puedo tomar la forma que me dé la gana. Me agrupo y me desvanezco como una fumarada. Ayer mismo me colé por debajo de la puerta del dormitorio de mi vecino y lo vi desnudo. Él ni siquiera advirtió que me movía a su alrededor, porque estaba fumando y me confundía con el producto de sus exhalaciones.

—Yo también me convierto en humo —dijo la otra—. Puedo expandirme hasta volverme invisible y reconstruirme a mi antojo. Fíjate en mis dedos: se estiran como el humo de un cigarrillo y se cuelan por las narices de quien yo quiera. Ayer, en clase de matemáticas, entré por las fosas nasales del profesor y recorrí todo su aparato pulmonar. Tiene unos alvéolos fantásticos, fantásticos. Es más guapo por dentro que por fuera.

No sé qué porquería se habrían tomado aquellas chicas para tener aquellas sensaciones. Lo cierto es que yo, sin haber tomado más que un cubalibre, empecé a sugestionarme con sus palabras y al poco sentí que todo mi cuerpo era de humo. Bajé del autobús en la calle de Francisco Silvela con unas dificultades enormes para apoyar los pies en el suelo, pues cualquier corriente de aire, por pequeña que fuera, me obligaba a flotar. Otras veces, además de flotar, me deformaba. Mi cuello comenzaba a estirarse y estirarse hasta convertirse en un hilo y cuando inclinaba la cabeza veía mis pies allá abajo, a cantidad de metros de distancia. Pero por mucho que me estirase o que me deformase no perdía la conciencia de ser un cuerpo con todos sus órganos.

La ventaja de estar hecho de humo es que además de expandirte, te puedes concentrar. Delante de mí caminaba una señora de mediana edad, muy atractiva, con un abrigo a cuadros de grandes bolsillos. Me metí en uno de esos bolsillos y me hice una bola, una bola de humo que ella deshacía sin darse cuenta entre sus dedos. Luego subí por su espalda, como una lámina de niebla, y me introduje entre sus cabellos, saliendo por la parte de arriba, como si se le hubieran incendiado las ideas. Eran unas sensaciones fantásticas.

«Que no se me pase, que no se me pase», rezaba a Dios o a quienquiera que me hubiera facilitado aquella percepción de la realidad sin necesidad de tomar ninguna pastilla ni fumar ningún canuto, porque soy alérgico a casi todo. Abandoné el cuerpo de la señora de mediana edad en la plaza de Manuel Becerra y entré en el primer portal que me salió al paso. Era un portal de una casa antigua, con los techos muy altos, un poco oscuro. Floté hasta el primer piso y me colé por el agujero de la cerradura de una puerta en la que había una plaquita de latón que decía: «Otorrinolaringólogo». El otorrinolaringólogo estaba en ese momento mirando la garganta de una señora muy parecida a la que yo acababa de abandonar en Manuel Becerra. Podría haber sido su hermana gemela. Me enamoré en seguida.

—Tienes la garganta estupendamente —dijo el otorrino—, sonrosada y húmeda, como debe ser.

—Parece que estás hablando de otra cosa —respondió ella con tono de provocación.

—Estoy hablando de otra cosa —añadió él—, pero ya sabes que el mejor modo de hablar de una cosa es hablar de otra.

—Es verdad —dijo la mujer—, tú y yo nunca hemos hablado de lo que en realidad hablamos.

Pensé que todo ese juego verbal era el preámbulo de una relación venérea. Pero no. Al cabo de un rato de mantener una conversación muy complicada, en los términos que ya he señalado, ella se levantó, se puso la bata de médico que llevaba él e intercambiaron sus lugares.

—Tú también tienes la garganta sonrosada y húmeda —dijo la mujer asomándose a su boca.

No había más pacientes. Pensé que en el interior de las casas suceden cosas asombrosas. La mujer encendió un cigarrillo y cada vez que expulsaba el humo yo me trenzaba con él, jugando a penetrarme y a despenetrarme, si se puede decir así, que creo que no, pero no encuentro otra palabra mejor para expresar lo que sentía. Finalmente, salí afuera por una ranura de la ventana y floté sobre la calle llena de automóviles. El atasco, contemplado desde arriba, tiene una calidad moral que no se percibe desde abajo.

Esa noche, cuando estaba en la cama, después de escuchar las noticias de la radio, me convertí en un hilo de humo muy alargado y recorrí las casas de toda la vecindad como una serpiente inmaterial. En esto, al entrar en la vivienda del 3.º C, tropecé con una de las chicas del autobús, que por lo visto vivía allí. Al ser los dos de humo nos reconocimos en seguida.

—¿Qué haces en mi casa? —preguntó.

—No sé —dije—, me he deshilachado y he venido flotando hasta aquí.

—Pues ya te estás largando, no sea que te corporeíces de repente y te vean mis padres. No quiero líos.

Salí de la casa llorando por el trato que me había dado la adolescente y me corporeicé, en efecto, en el descansillo. Al día siguiente, volví a coincidir con ella y con su amiga en el autobús. No sé qué porquería habría tomado, el caso es que dijo:

—Hoy tengo la impresión de ser una masa líquida.

UN ERROR DEL TINTE

El catedrático de latín había dejado el coche en doble fila mientras compraba una botella de champaña para celebrar con su esposa la publicación de una gramática a la que había dedicado la mitad de su vida. El hecho de que el libro fuera a aparecer durante los primeros días del siglo XXI le parecía una coincidencia dichosa, como si le garantizara un milenio tan excitante como aburrido había sido el anterior. Se veía ante una segunda vida cuyos éxitos sociales le compensarían de los fracasos de la primera. No podía pedir más. Ni menos tampoco, se dijo con una punzada de rencor al considerar que nunca nadie le había regalado nada.

Al salir del establecimiento vio que cuatro jóvenes con aspecto agresivo esperaban a que retirara su coche para mover ellos el suyo.

—Vamos, viejo, muévete de una vez, que tenemos prisa —dijo el que parecía llevar la voz cantante.

El catedrático de latín intentó apresurarse, pero de súbito todo comenzó a suceder a cámara lenta, de modo que pudo verse, como en una experiencia extracorpórea, cambiando de mano la botella de champaña para buscar las llaves del automóvil en el bolsillo derecho del abrigo. Y mientras las manos, con sus dedos, se apresuraban entre los pliegues de la tela para no aumentar la ira de los jóvenes, por la cabeza del catedrático, a cámara lenta también, pasaron todas las humillaciones de que habían sido víctimas las personas juiciosas como él a lo largo de los últimos siglos. Con las llaves en la mano al fin, y mientras daba dos pasos vacilantes en dirección al automóvil, decidió que la historia no había sido justa con los de su estirpe, de manera que cuando ya estaba a punto de abrir la puerta volvió a guardarse las llaves, cambió la botella de mano y se acercó al muchacho preguntándole ingenuamente, como si sólo le moviera un interés meramente lingüístico, si había intentado ofenderle. Entonces, siempre a cámara lenta, observó el gesto desconcertado del chico, su sonrisa vacilante, su miedo a quedar mal delante de los amigos, y decidió que era un cobarde, así que abandonó el tono académico e hizo la pregunta de otro modo:

—Decía que si habías intentado ofenderme, hijo de puta.

El chico lanzó una mirada a la botella de champaña, que temblaba amenazante en la mano del viejo, y retrocedió murmurando entre dientes alguna cosa ininteligible. Pero cuanto más se alejaba, mayor era la furia interior del catedrático, que habría dado cualquier cosa por que el chico le devolviera la provocación. Finalmente, los jóvenes esperaron pacientemente a que el hombre retirara su automóvil para sacar ellos el suyo. Entonces concluyó el efecto de cámara lenta y cesó aquella extraña acometida de la realidad, aunque el odio continuó subiendo de nivel mientras el catedrático conducía con brusquedad por una calle llena de adornos navideños, de música, de gente que sorteaba los coches con las manos llenas de bolsas.

Estaba arrepentido de no haber roto la botella de champaña en la cabeza del joven, lo que le causaba a la vez un gran desconcierto, como si no se reconociera en aquel individuo colérico que le devolvía una mirada temible desde el espejo retrovisor. Él era un hombre pacífico, un catedrático de latín (de instituto, pensó para sí moviendo los labios, todo hay que decirlo) que jamás se había relacionado con el mundo de manera tan belicosa (*bellum, belli,* segunda declinación, neutro, añadió). Alguna vez había deseado la muerte de alguien, quizá sí, pero siempre buscando un bien superior. ¿Por qué esa necesidad de golpear ahora, en la frontera de los sesenta años, a las puertas de un nuevo milenio, precisamente cuando se encontraba a punto de alcanzar la ambición de su vida, que era publicar una gramática latina?

Se encontraba detenido en un semáforo, absorto en sus cavilaciones, un poco aterrado frente a la perspectiva de que la publicación no le hiciera tan dichoso como había pensado, cuando el conductor del coche de atrás le pitó un par de veces para que arrancara, pues el semáforo llevaba abierto unos segundos. El catedrático miró por el retrovisor y vio a un hombre más joven que él haciéndole gestos de impaciencia. Entonces puso la marcha atrás y aceleró cuanto pudo, golpeando al automóvil que le urgía, antes de meter la primera y salir con toda naturalidad. Al poco, el automovilista agredido se colocó a su altura haciéndole gestos de que se detuviera, a lo que el catedrático de latín contestó con un corte de mangas.

En el siguiente semáforo en rojo fue abordado por el agredido, que salió del coche hecho una furia para ajustarle las cuentas. El catedrático bajó la ventanilla con expresión de paciencia, y antes de que al otro le diera tiempo a hablar dijo:

—Mira, imbécil, tengo en la guantera un revólver con seis balas, de manera que si no mueves el culo ahora mismo en dirección a tu coche, te vuelo la cabeza —*caput, capitis,* añadió para sí.

El hombre dudó unos segundos, pero cuando el catedrático comenzó a llevar la mano hacia la guantera, se retiró masticando la humillación con disimulo. El mundo estaba, pues, lleno de cobardes. ¿Cómo era posible que no se hubiera dado cuenta hasta ese día? De repente, la publicación de la gramática, que había pasado por ser el acontecimiento más importante del siglo XXI, le pareció una banalidad existencial en relación al descubrimiento de la violencia como forma de vida.

Antes de llegar a casa, detuvo el coche en doble fila frente a unos grandes almacenes, donde adquirió una navaja automática cuya precisión le pareció sobrecogedora. La escondió en el bolsillo derecho del abrigo, y mientras se dirigía a la calle iba jugando a abrirla y cerrarla con una sola mano. En un momento indeterminado, la realidad adquirió de nuevo el modelo de la cámara lenta sin que él hubiera puesto nada de su parte en ello. Con los movimientos reflexivos característicos de esta percepción, se dirigió a la puerta deseando encontrar a alguien que le insultara por haber dejado el coche en doble fila. Pero no lo halló, así que para mitigar su odio, una vez que estuvo dentro del automóvil, rajó con la navaja los asientos hasta que cesó la visión de cámara lenta y el mundo recuperó su velocidad habitual.

Al llegar a casa, su mujer notó un bulto extraño en el bolsillo del abrigo, y él le explicó que era una navaja.

—Es que me he vuelto un poco chulo —añadió.

La esposa le miró extrañada, pues jamás le había oído manifestarse de ese modo. Pero cuando iba a añadir algo más observó en la mirada de su marido un brillo inquietante y prefirió cambiar de tema.

—Han traído las pruebas de la gramática —dijo, creyendo que le daría una alegría.

—Muy bien, déjalas ahí —respondió él, e inmediatamente se echó a llorar.

—¿Pero qué te pasa? —preguntó ella.

—He dejado el coche en doble fila, con las puertas abiertas, para comprar el champaña y alguien nos ha rajado todos los asientos.

La mujer lanzó una mirada estimativa al bulto de la navaja, en el abrigo. Después observó a su marido con una mezcla de piedad y terror, y corrió a la cocina con la excusa de que se le quemaba algo que tenía en el fuego.

Mientras cenaban, y como el catedrático, además de continuar sombrío, no hubiera abierto todavía el sobre de la editorial con las pruebas de la gramática, su mujer volvió a preguntarle, esta vez con un punto de irritación, si sucedía algo.

—Que necesito matar a alguien —contestó el catedrático—. Si no mato a alguien, me muero. Eso es lo que sucede.

Esa noche, la mujer permaneció intranquila al lado del hombre, que durmió sin embargo de un tirón. Al día siguiente, durante el desayuno, el catedrático actuó como si no hubiera sucedido nada. Luego, al ponerse el abrigo y notar el bulto de la navaja, preguntó:

—¿Qué hace esto aquí?

—Debe ser un error del tinte —dijo ella—. Yo me encargo de devolverla.

Y eso fue todo.

LA GUÍA DE MADRID

Cuando Juanjo decidió viajar a Madrid por primera vez en su vida, se compró una guía de Buenos Aires porque las de Madrid se habían agotado en la estación de su ciudad. «Al final, todo son calles», pensó. Y en efecto, todo eran calles. Qué más daba que se llamaran de un modo u otro. Lo importante era que siguiéndolas salías a otras calles que desembocaban a su vez en arterias idénticas a las anteriores. La calle, pensó, es uno de los inventos más curiosos del hombre: aparece para contrarrestar la diabólica infinitud del campo, pero finalmente se vuelve más complicado que él. Por eso la gente se va a la sierra los fines de semana.

Juanjo llegó, pues, con su guía de Buenos Aires a la estación de Atocha y lo primero que hizo fue mirar el plano de la ciudad para situarse imaginariamente en algún sitio. «Estoy en esta esquina», se dijo colocando el dedo índice al azar sobre una esquina de Buenos Aires. «Si sigo esta avenida, llegaré aquí.» Dicho y hecho. Comenzó a caminar con la bolsa de viaje en la mano por el paseo del Prado y llegó a «Aquí». «Aquí» era casualmente Cibeles, pero podría haber sido cualquier otro lugar. Miró el plano de Buenos Aires y vio en él una plaza. Decidió seguir el plano a la derecha y de este modo alcanzó la Puerta de Alcalá, desde donde, siempre con la guía de Buenos Aires en la mano, llegó a Velázquez. Allí encontró una pensión con pretensiones de hotel. Era mejor una pensión con pretensiones de hotel que un hotel con instinto de pensión, pensó, pidiendo alojamiento en perfecto castellano.

Si en lugar de haber encontrado una guía de Buenos Aires hubiera comprado una de Londres, habría tenido que hablar en inglés, se dijo, menos mal. Aunque justo en el momento de decírselo salió del fondo del establecimiento una pareja que se dirigió en inglés a la chica de recepción sin que ésta mostrara extrañeza alguna. O sea, que no sólo se podía viajar a Madrid con una guía de Buenos Aires, sino con el idioma que te diera la gana. Él sabía un poco de francés, de modo que probó suerte, para ver qué pasaba, y dijo a la recepcionista:

—*Bonjour, madame. Il fait froid.*

—*Oui, monsieur* —respondió la chica.

Una vez hecha esta comprobación, Juanjo regresó al castellano, porque le era más cómodo. Pero le pareció que había en el mundo un exceso de guías de viaje y de idiomas y de información... Al final, todo se reducía a decir hace frío, hace calor, etcétera. Una vez en su habitación, pensó que había también un exceso de museos, y de restaurantes. En su guía de Buenos Aires venían tres páginas de museos y cuatro o cinco de restaurantes. En la sección «Adónde ir por la noche», vio infinidad de salas de fiesta y de barras americanas. América estaba en todas partes, qué curioso. Ningún ser humano podría visitar todos esos museos ni comer en la mitad de los restaurantes de la guía, aunque viviera cien años. Qué desperdicio.

De todos modos, como era partidario de los viajes culturales más que de los de mero placer, al día siguiente decidió visitar un par de museos elegidos al azar en la guía de Buenos Aires. El primero era un museo de costumbres. Le pareció que estaría bien conocer las costumbres del lugar. Se colocó, pues, en una esquina cualquiera de Velázquez y fue torciendo a derecha e izquierda, siempre según las indicaciones del plano de Buenos Aires, hasta llegar por casualidad al Museo Lázaro Galdiano de Madrid. No se trataba exactamente de un museo de costumbres, aunque en alguna medida todos lo son. La visita le abrió el apetito, y al acabar el recorrido se metió en el primer restaurante que le salió al paso. No venía en la guía de Buenos Aires, pero ninguna guía es exhaustiva.

De todos modos, comió tan bien que a los postres, en agradecimiento, informó al *chef* de que no aparecían en la guía. El *chef* echó un vistazo al libro y argumentó que se trataba de una guía de Buenos Aires.

—¿Y qué más dará eso? —replicó Juanjo pidiendo un coñac.

Pasó una semana en Madrid y no dejó de visitar ninguno de los monumentos que aparecían señalados como importantes en la guía de Buenos Aires. Cuando regresó a su ciudad, su madre le preguntó qué tal le había ido por Madrid, y él dijo que finalmente había estado en Buenos Aires.

—¡Ah! —respondió la madre.

—Ya ves —añadió él.

ENRIQUE FUE A LA CÁRCEL

Cuando Enrique tenía diez años, oía al acostarse ruidos dentro del armario. Se lo dijo a sus padres, que se rieron de él, de modo que decidió resolver las cosas por sí mismo. Había leído en un cuento que la mejor manera de combatir a los fantasmas era enfrentarse a ellos y pactar. Aquella noche, pues, cuando comenzaron los ruidos, se levantó de la cama, encendió la luz y abrió el armario con el corazón en la garganta. Había esperado encontrar un monstruo, pero vio a un señor con chaqueta, corbata y un maletín negro.

—¿Quién eres? —preguntó.

—Soy un jefe de personal —respondió el individuo del maletín.

Enrique sabía qué era un nomo, un trasgo, un brujo, un fantasma, incluso un nigromante, pero jamás había oído hablar de los jefes de personal, por lo que se quedó mudo. No estaba preparado para enfrentarse a esa clase de monstruo.

El jefe de personal abandonó el armario y se sentó a la mesa de Enrique. Luego abrió el maletín, sacó unos papeles y se puso a firmarlos. Enrique se colocó a su lado.

—¿Qué son estos papeles? —preguntó.

—Órdenes de despido. Los jefes de personal tenemos el poder de despedir a la gente de sus trabajos.

Enrique iba mirando las órdenes de despido, cuando vio el nombre de su padre en una de ellas.

—Éste es mi padre —dijo.

—Sí, es tu padre. Procuro despedir a personas con hijos para que la situación familiar sea más dramática.

Enrique se puso a llorar y rogó al jefe de personal que no despidiera a su padre. Un tío suyo estaba en el paro desde hacía unos meses y su primo había tenido que abandonar el colegio porque no podían pagarlo. A su tío se le había puesto, además, cara de loco, y no es que estuviera loco, sino desesperado. La situación, pese a las ayudas familiares, empezaba a resultar angustiosa. A Enrique se le ponían los pelos de punta frente a la posibilidad de ver a su padre en semejantes circunstancias.

Tanto lloró y suplicó que el jefe de personal accedió al fin a negociar una solución.

—Mira —le dijo—, lo que más valoramos los jefes de personal son los dedos. No se puede firmar nada si no tienes dedos y nosotros vivimos de eso, de firmar. Guardamos en nuestro reino un depósito de dedos de repuesto, pues se nos caen con frecuencia. Si me das el dedo pequeño de tu mano izquierda, romperé la orden de despido de tu padre y nunca más te volveré a pedir nada.

Enrique accedió y el jefe de personal le quitó el dedo y rompió la orden. Luego cerró el maletín, se metió en el armario y desapareció. Enrique aprendió a disimular el muñón de ese dedo de tal manera que ni sus padres ni sus profesores se dieron cuenta de que le faltaba el meñique. Durante algunos años vivió con el temor de que el jefe de personal apareciera otra vez pidiéndole un nuevo dedo, pero no se presentó: era verdad que si pactabas con los fantasmas, éstos desaparecían de tu vida.

El padre de Enrique tuvo una vida laboral normal y con los años se jubiló en la misma empresa en la que había trabajado siempre. Enrique, por su parte, creció y se hizo médico. No había médicos en la familia, pero él atribuyó esta vocación al hecho de que le faltara un dedo. Pensaba fantásticamente que la medicina acabaría encontrando el remedio para aquella amputación que con tanto trabajo había ocultado al mundo. Solía ir con la mano izquierda en el bolsillo y cuando la sacaba mantenía el puño cerrado, con el muñón hacia dentro, como si guardara el dedo.

Un día le llamaron de un hospital, al que había enviado un currículum, ofreciéndole una plaza como cirujano. Enrique se presentó en el hospital a la hora convenida, con el traje y la corbata de pedir trabajo, y fue conducido hasta el despacho del jefe de personal, que le mostró un contrato para que lo firmara. Pero Enrique no vio el contrato, sino el dedo meñique del jefe de personal, que reconoció en seguida como el que le había sido arrebatado a él en la infancia. Entonces, se abalanzó sobre el individuo y cuando consiguieron separarlo, casi le había amputado ya el dedo meñique de la mano izquierda. Cuando explicó al juez la historia, éste le pidió que abriera su mano izquierda, que llevaba años cerrada e inexplicablemente apareció allí dentro un dedo meñique atrofiado y arrugado, pero con todas sus falanges. Enrique fue a la cárcel.

UN ÉXITO LOCAL

Julio se hizo escritor de un día para otro. Había leído con pasión la novela de Pierre Clausaut, *Los objetos me llaman*, y al cerrarla decidió que sería novelista. No es raro que le cautivara este libro del escritor francés, que cuenta la historia de un cleptómano en el París de entreguerras. El personaje del libro de Clausaut (ahora dudo si se escribe con una o con dos eses) vive fascinado desde niño por los objetos. Hijo de un abogado cuyo despacho está lleno de libros y fetiches, el joven Pierre (nótese que el nombre de pila coincide con el del autor) se pasa las horas muertas tocando y observando las cazoletas de las pipas de fumar que su padre ha ido amontonando en un recipiente de mimbre que se encuentra sobre su mesa. Las hay lisas y esculpidas, y estrechas u holgadas, y cada una está hecha de un material distinto: hueso, caña, madera, coral... Algunas representan la cabeza de un animal o de un hombre. Abundan también los rostros de mujeres cuyas melenas se estiran casi hasta el centro del artilugio.

Más tarde, el adolescente Pierre acaricia los tinteros que adornan la mesa del despacho, aunque lo que más le gusta es la colección de plumas de su padre. Pasa las horas muertas abriéndolas y cerrándolas, fascinado por el brillo de aquellos plumines de oro, de iridio, de plata, de platino. En esta etapa comienzan sus primeros hurtos, al desenroscar los plumines del cuerpo de las estilográficas, que deja vacías en el interior de las vitrinas desde las que se exhiben, como un cuerpo sin vísceras. El padre de Pierre, que se limita a contemplar su colección sin abrir jamás estas estilográficas, no advertirá el robo hasta pasados muchos años.

No era difícil que Julio se identificara con el personaje de Clausaut, pues sin llegar a ser un cleptómano extremadamente patológico, tenía su piso lleno de pequeños objetos procedentes de hurtos llevados a cabo en las casas de sus amigos, así como en restaurantes y hoteles. Durante algún tiempo, cuando era adolescente y los sistemas de seguridad de los grandes almacenes no eran tan sofisticados como los actuales, fue un ladrón habitual de mecheros y prendedores de corbata.

Leyó la novela de Clausaut como si leyera su propia biografía y al cerrarla, decíamos, decidió robarle la idea de hacerse novelista. Por lo general, la cleptomanía no suele darse en estado puro, sino que aparece asociada a otras patologías. No es raro que el cleptómano sea, por ejemplo, un mitómano también. Julio lo era. Mentía como mienten esta clase de enfermos: sin objetivo alguno. Es erróneo pensar que el mentiroso siempre trata de obtener un provecho de sus falsedades. No, la mayoría miente por una especie de tropismo, como la planta crece en dirección a la luz. Así, cuando Julio iba al cine, aseguraba que había ido al teatro, y al revés. Construía con las palabras una realidad alternativa a la real. En cierto modo, vivía dos vidas, puesto que en una misma tarde conseguía ver para sí mismo una película y, para los otros, una obra de teatro.

Lo curioso es el modo en que se hizo escritor después de haber leído *Los objetos me llaman.* Se hizo escritor sin hacerse escritor, es decir, sin escribir jamás una línea. Pero lo más asombroso es que abría el periódico cada día por las páginas de Cultura para ver si había publicado algo.

—Déjame ver si he publicado algo —me dijo un día muy serio, arrancándome de las manos el periódico.

Yo sabía que no escribía, pese a ser escritor, pero no me atrevía a decirle que era imposible que hablaran en la prensa de algo que no había escrito. He de confesar por otra parte que me fascinaba también aquella fantasía suya. Quizá llegué a pensar en la posibilidad real de que los críticos se ocuparan de una novela no escrita. Pasado un tiempo, yo mismo le preguntaba a veces si habían dicho por televisión algo sobre su última novela, a lo que solía responder con evasivas como que no veía la tele. Un día le llamé por teléfono y le felicité muy seriamente por el éxito de su último libro.

—Ah, sí —me dijo—, creo que está funcionando muy bien. ¿Quién lo ha publicado?

Le dije una editorial cualquiera y se quedó tan tranquilo. La última vez que fui a verle tenía la casa llena de periódicos extranjeros. El éxito español le parecía demasiado local y vivía pendiente de su triunfo en otros países.

LA MUERTE RETROACTIVA

Cuando Rodrigo Fuertes tenía diez años, se le apareció el diablo y le dijo que si no cojeaba una vez al mes su hermana pequeña moriría. Rodrigo odiaba a su hermana, pero no estaba dispuesto a soportar la cantidad de culpa que una tragedia como ésa le proporcionaría durante el resto de su vida. De modo que, para hacer las cosas con método, los primeros viernes de cada mes iba y venía del colegio cojeando. Ello le creó problemas con sus padres, con los profesores y con sus propios compañeros, pero siempre se las arreglaba para encontrar alguna excusa: cuando no le hacía daño el zapato, se había torcido un tobillo o se había cortado una uña más de lo debido. Gracias a él, su hermana crecía fuerte y podía odiarla sin remordimientos de conciencia.

Cuando se hizo mayor, continuó cojeando una vez al mes, pues a pesar de que no creía en Dios ni en el diablo, creía en la mala suerte, a la que conjuraba con estos pequeños rituales. El diablo no se le volvió a aparecer en persona, como cuando tenía diez años, pero se metía en su cabeza en forma de presentimientos que le hacían sufrir. Así, cuando iba por la acera de la derecha, le atacaba la idea de que si no cruzaba la calle le caería encima una cornisa. O, cuando su avión estaba a punto de salir, decidía tomar el siguiente para engañar al destino. Se pasaba la vida cambiando de acera, de tren, de trabajo... Un día, su hermana se rió de estas manías suyas y él le dijo:

—Cállate, que tú estás viva gracias a mí.

Y le contó la historia del diablo. Su hermana le confesó entonces que también a ella se le había aparecido Satán durante la infancia asegurándole que si no guiñaba diez veces seguidas el ojo izquierdo y quince el derecho una vez a la semana, su hermano moriría.

—Pero no le hice caso y no te has muerto —añadió.

—Pero me puedo morir en cualquier momento con efectos retroactivos, idiota —le respondió Rodrigo pálido de angustia.

Ella no sabía en qué consistían los efectos retroactivos y Rodrigo tuvo que explicárselo, tras lo que su hermana añadió:

—Es imposible morirse con efectos retroactivos.

Rodrigo sabía que en lo concerniente al horror todo era posible, pero su hermana era una mujer muy superficial y comprendió que sería inútil hacerle entender lo que sentía.

—Pues a partir del mes que viene voy a dejar de cojear —dijo con tono amenazante.

—Por mí, como si te operas —respondió ella.

En realidad, no fue capaz de abandonar la cojera mensual, aunque a su hermana le juró que la había dejado.

—Pues aquí sigo, viva y coleando —decía ella muerta de risa en las reuniones familiares, cuando salía a relucir el tema.

El odio de Rodrigo hacia su hermana fue creciendo a lo largo de los años. Algunos primeros viernes de mes cojeaba mal, para ver si se moría de una vez, pero al diablo le bastaba con que cojeara, bien o mal daba lo mismo, para mantenerla con vida. Por estos días, se le metió en la cabeza la idea de que quizá si él parpadeaba con cada ojo las veces que el diablo le había mandado parpadear a su hermana, aún estaría a tiempo de salvar su propia vida. Así que hizo cálculos de los parpadeos atrasados, pues su hermana no había efectuado el rito una sola vez, y le salieron millones. No le importó: cada día parpadeaba un par de horas con efectos retroactivos hasta que logró ponerse al día.

Siendo ya muy mayores los dos, su hermana murió por causas naturales, pese a que Rodrigo no había dejado de cojear un solo primer viernes de mes. Aquello le hizo sospechar que quizá todo hubiera sido una locura. Entonces dejó de parpadear también (ya no le importaba fallecer) y comprobó que no se moría. La idea de la muerte retroactiva comenzó a parecerle una estupidez y poco a poco se fue desprendiendo de todos sus ritos supersticiosos, excepto del de la cojera, que se le había quedado como un tic y le costaba más trabajo dejarlo que continuar con él.

Durante aquellos años, los últimos de su difícil existencia, liberado de todas las manías que tanto le habían hecho sufrir, llevó una vida tan feliz y despreocupada como la que había llevado su hermana. Entonces comprendió que ella no había muerto, sino que ahora vivía en él gracias a la cojera suya. Y volvió a odiarla, aunque odiarla supusiera odiarse a sí mismo. Cuando cumplió noventa años, dejó de cojear y al poco se murió. Mientras agonizaba, comprendió que la que estaba a punto de expirar era su hermana. Él había fallecido mucho antes, quizá con efectos retroactivos.

ÍNDICE

Impreso en los talleres de Cayfosa (Impresia Ibérica)
Carretera de Caldes, km 3,7
08130 Sta. Perpètua de Mogoda
(Barcelona)